## *Inhalt*

## Verhängnisvoller Start

Wie hungrige Wölfe stürzen meine Geschwister an Mutters Milchbar. „Weg da, ich bin der erste“, knurrt mein ältester Bruder. Als Alpha-Hund behauptet er den besten Platz, während sich die anderen um die Folgenden rangeln. Sie schlagen sich die Bäuche voll und mir der knurrt Magen. Ich drängle mich von neuem ran. „He, ich bin genauso hungrig wie ihr. Merkt ihr das nicht?“

„Hau ab, du gehörst nicht zu uns“, blafft mein dritter Bruder mich an. Resigniert ziehe ich mich zurück. Was ist das nur für eine Gesellschaft? Null Toleranz gegenüber Andersartigen. Dabei sind wir alle aus demselben Bauch geschlüpft. Meine sieben Geschwister sind kräftige Dackelwelpen. Ihr Fell glänzt in verschiedenen Brauntönen. Ich bin der Letzte von ihnen, klein hässlich und kohlrabenschwarz.

Nach einigen Wochen verlassen die Braunen den Zwinger. Sie haben an Größe kräftig zugelegt und so findet einer nach dem andern seinen Tierliebhaber. Jetzt macht mir niemand mehr den Fressplatz streitig. Trotzdem bin ich in meiner Entwicklung zurückgeblieben und für einen profitablen Verkauf nicht geeignet. Gibt es nirgendwo einen Liebhaber für einen Hund mit Schönheitsfehlern?

Eines Tages, ich kann es kaum glauben, treten zwei Menschen an meinen Zwinger. „Vater und Sohn", sagt mein Dackelverstand. Der Kleine nimmt mich sofort auf seinen Arm und krault mir die Ohren. Ich lege meinen Kopf auf seine Schulter und genieße seine Zuneigung. „Endlich einer, der mich mag!" Der Züchter zögert nicht lange. „Wenn du ihn haben willst, schenke ich ihn dir. Er ist das Sorgenkind des ganzen Wurfs. Sehr alt wird er nicht, aber solange er lebt sollst du deine Freude an dem Tier haben."

Freude durchströmt meinen ganzen Körper. Dankbar lecke ich die Wange des Jungen und er kichert dabei vor Glück. Für den zehnjährigen Udo geht endlich ein Herzenswunsch in Erfüllung.

Udos Mutter hat in der Küche eine hübsche Schlafstätte und einen Fressplatz hergerichtet. Ich nehme ein paar kräftige Schlucke aus der Hunde-Bar und ziehe mir die Leckerlis herein.
„Hm Fleischgeschmack. Welch ein Genuss!"
„Hast du schon einen Namen für deinen Hund?" fragt Udos Mutter.
„Er soll Chico heißen", sagt Udo entschlossen. Jetzt besitze ich sogar einen Namen. Ja, ich bin eine Persönlichkeit, die ich mir von niemandem mehr streitig machen lasse. Jeden Morgen, bevor Udo sich auf den Weg zur Schule macht, krault er mir den Rücken.
„Mach's gut Chico, ich komme bald wieder." Und wenn er endlich von der Schule nach Hause kommt laufe ich ihm mit wedelnder Rute entgegen. Udo nimmt mich in den Arm und streicht sanft über meinen Kopf. Während er aus der Schule plaudert genieße ich unsere Kuschelstunde.
„Weißt du Chico, der Reno und die Jana sind doof. Die nennen mich Dickerchen. Was sagst du nur dazu?" Was verstehe ich schon von Menschen die doof sind? Ich höre Udo zu und

das tröstet ihn über seinen Kinderkummer hinweg. Von Udos Eltern ernte ich viele Streicheleinheiten. Vor seiner Oma allerdings, habe ich großen Respekt. Sie ist die Chefin im Haus und kümmert sich um die Wirtschaft während Frauchen und Herrchen zur Arbeit gehen. Hygiene ist ihr „Steckenpferd". Wo immer sich ein Schmutzfleck zeigt, rückt sie diesem sofort mit Wischtuch und Scheuermittel zu Leibe.

„Du bekommst das goldene Scheuertuch", sagt Udos Mutter oft scherzhaft.

Hygiene, Sauberkeit? Noch nie gehört! Es macht mir nichts aus, wenn ich beim Trinken Wasserspuren auf dem Linoleum hinterlasse. Ebenso verrichte ich meine kleinen und großen Geschäfte in der Wohnung, wo sonst? Das trifft Omas Reinlichkeitssinn wie ein Donnerschlag. Fortwährend läuft sie mit Wassereimer und Wischtuch hinter mir her. „Du verdammter Köter, was hast du da gemacht!" Dabei stößt sie mir den Schrubber mit dem Scheuerlappen unter die Nase. Ich ziehe den Schwanz ein und krieche unter einen Stuhl. Zitternd vor

Angst kaure ich in der Ecke und warte bis Udo hereinkommt. Behutsam streckt er mir seine Hand entgegen. „Nun komm mal her mein Kleiner. Was ist passiert?" Udos Stimme macht mir etwas Mut. Langsam rapple ich mich auf, und wedle mit herunter gelassener Rute. Ich spüre wie seine Hand über meinen Rücken gleitet.

„Was hat Chico nur?" Udos Blick trifft Oma Herta, die gerade den Topf mit der Kartoffelsuppe auf den Tisch stellt.

„Was weiß ich." Sie stößt einen tiefen Seufzer aus. „Du solltest deinem Hund beibringen, dass er seine Geschäfte draußen erledigen muss." Gerne hätte ich Udo von meinem Erlebnis mit Oma erzählt, könnte er meine Sprache nur verstehen. So bleibt mein Erlebnis mit Oma für Udo im Verborgenen und mein ängstliches Verhalten für ihn ein Rätsel.

Wegen meiner Hinterlassenschaften entbrennt eines Tages ein heftiger Familienstreit. Oma bringt es lautstark auf den Punkt. „Tiere stinken und gehören deshalb nicht in die Wohnung. Das ist unhygienisch." Also richten meine Menschen einen Platz im Heizungskeller für mich her. Dort ist es warm, aber dunkel. Für Familie Raimer ist das Problem gelöst. Wer fragt schon danach wie ich mich fühle, so allein ohne Licht und Sonne? „Ein Hund gewöhnt sich an alles." – Denkste! Ich heule so laut ich kann: „Ich habe Angst, holt mich heraus!" Mein beharrliches Gejaule alarmiert schließlich die Nachbarschaft.

„Der ununterbrochene Lärm eures Hundes ist eine Zumutung."

Jetzt ist das Maß voll. „Solange der Hund im Haus ist mache ich keinen Finger krumm." Omas Protest bringt den Haussegen gründlich in die Schieflage. Im Garten wuchert das Unkraut, und das Abwaschgeschirr vom Vortag steht noch immer mit verkrusteten Essensresten auf der Anrichte. Jetzt fordert sie sogar: „ Entweder der Hund verschwindet, oder ich verlasse euch."

Udo hat sich gerade auf dem Sofa niedergelassen, hält mich fest in seinem Arm und krault mein Fell. Eine fremde Person nähert sich uns. Ich habe kein gutes Bauchgefühl. Muss ich

Udo und seine Familie verlassen? Plötzlich gleitet eine fremde Hand über meinen Rücken, und eine unbekannte Stimme fragt leise: „Wie heißt dein Hund?"

„Chico", antwortet Udo. Dabei kann er nur mühsam seine Tränen zurück halten.

„Ich bin euer Nachbar Dieter. Wenn du deinen Hund nicht behalten darfst, dann nehme ich ihn mit zu mir und du darfst ihn täglich besuchen und mit ihm spielen. Ist das okay?"

Udo nickt und wischt dabei hastig über seine Augen. Dass er sich von dem was er so sehr liebt, trennen muss, nagt heftig an der Kinderseele. Da trösten ihn auch die Worte seiner Mutter nicht: „Sei vernünftig, Udo. Wir können den Hund nicht behalten." Nachbar Dieter nimmt mich an die Leine und geht mit mir fort. Wen interessiert es schon, wie mir dabei zumute ist? Bei Familie Raimer ist der Familienfrieden wieder hergestellt – allein das zählt.

## Jagderfahrungen

Schon wieder eine neue Umgebung. Wer bitteschön, hat mich gefragt, ob es mir angenehm ist, Wohnung und Menschen zu tauschen? Neugierig gleitet meine Nase über den Fußboden. Fremde Gerüche, andere Menschen, die nicht so recht wissen was sie mit einem Wesen, wie ich es bin, anfangen sollen. Ich fühle mich mutterseelenallein. Wo ist die Kinderhand, die mich streichelt? Wo sind die vertrauten Stimmen? Mir ist zum Heulen zumute, und so lasse ich meinem Schmerz freien Lauf.

„Warum weint Chico" will der fünfjährige Ingo wissen.

„Der ist noch so klein und hat Heimweh", erklärt seine Mutter. Gleich darauf gleitet sanft eine Kinderhand über mein Fell. „Magst du das Lied der Schlümpfe", sagt der Junge leise und legt eine kleine schwarze Platte auf eine Drehscheibe.

„Oh, Musik tönt aus dem Lautsprecher in meine langen Ohren! Das ist Balsam für meine gestresste Hundeseele." Ich lege mich vor den Musikapparat wo die Sonne den Teppich wärmt. Im Nu bin ich eingeschlafen. Ich träume von langen Waldspaziergängen mit Menschen, die mich lieben. Ob mein Traum einmal wahr wird?

Ein Gong reißt mich aus dem Schlaf. Frauchen öffnet die Tür. Es ist Udo, der mir einen Besuch abstatten will. Mit wedelnder Rute gehe ich ihm entgegen und begrüße ihn mit einem lauten „RRR". Udo nimmt mich in den Arm und drückt mich fest an sich. „Oh Chico, wie sehr habe ich dich vermisst!" Er rennt mit mir durch die Wohnung und Ingo und Anja machen mit. Wenn so viele „Hasen" einen Hund jagen, geht ihm schon mal die Puste aus. Frauchen hat das beobachtet und nimmt mich auf ihren Schoß. „Jetzt ist erst einmal Pause", sagt sie zu den Kindern, während sie liebevoll meinen Hals krault, „später könnt ihr weiterspielen." Ingo und Anja sind weit jünger als Udo. Anja kann nicht einmal meinen Namen sprechen. Sie ruft mich immer „Cito". Meistens knabbert sie an einem Zwieback. Aha, die hat etwas zum Essen, und ich...? Das kann doch nicht wahr sein! Also nichts wie hin zu ihr! Schwungvoll setzte ich meine Vorderpfoten auf ihre Schultern. Sie landet auf dem Boden und schreit. Schnell schnappe ich zu. „Gut gemacht, Chico!" Ich lege mich auf den Teppich und genieße den Zwieback und mein erstes Jagdglück. „Bei einem kleinen Mädchen kann „hund" leichte Beute machen."

Meine tägliche Nahrung besteht fast ausschließlich aus Trockenfutter. Artgerecht füttern, nennt Frauchen das. Weiß sie nicht, dass ein Hund vielmehr das liebt, was seine Menschen essen? Zum Glück hat die Natur mir einen ausgeprägten Jagdinstinkt gegeben, den ich ab jetzt immer einsetze.

In der Küche duftet es nach Fleisch. Ich schnuppere begierig an der Ofenklappe. Ob sie sich öffnen lässt? Meine Zähne gleiten auf dem glatten Metall ab. „Abwarten" heißt die Devise. Es ist schon eine harte Geduldsprobe,

11

den Fleischduft in der Nase zu spüren und doch weit davon entfernt zu sein.

Endlich zieht Frauchen das Fleisch aus dem Ofen. Gerade will ich zuschnappen, aber Frauchen ist schneller. Das Fleisch gleitet an meiner Nase vorbei und landet in sicherer Höhe auf dem Küchentisch – wie gemein! Danach verschwindet Frauchen im Wohnzimmer. Ich höre Geschirr klappern. Frauchen ist abgelenkt. „Jetzt Chico, ergreife deine Chance!" Der Küchentisch ist unerreichbar hoch. Der Speichel tropft mir über die Lefzen. Wie soll ich mit meinen kurzen Beinen an solch kulinarische Genüsse gelangen? Gott sei Dank hat mir die Natur einen langen Körper geschenkt. So recke ich mich in meiner ganzen Länge am Küchentisch empor. Meine Nase kommt dem Bratenduft beträchtlich nahe. Zum Zufassen fehlt nur noch ein kleines Stück an Höhe. Wäre doch gelacht, wenn ich das nicht schaffe. Also noch einmal richtig ausrecken. Schon erfassen meine Zähne einen Zipfel des Bratens. Mit einem kräftigen Ruck ziehe ich den Fleischberg von der Bratenplatte. Geschafft! Fast hätte ich mir dabei den Kiefer ausgehakt. Nun aber schnell unter den Tisch, damit Frauchen nichts bemerkt. Perfekt! Ich klemme den Klumpen Fleisch zwischen meine Pfoten und bearbeite ihn so lange, bis nichts mehr übrig ist. Frauchen kommt in die Küche zurück. Sie stößt einen gellen Schrei aus: „Chico, was hast du gemacht!" Zu spät. Ich schaue Frauchen mit meinem typischen Unschuldsblick an. Dürfen Menschen ihrem Liebling auf vier Pfoten einen Mundraub übel nehmen? Sie haben doch noch Kartoffeln und Sauerkraut zum Mittagessen!

An einem Sommer-Wochenende darf ich meine Familie nach Euskirchen, einer Kleinstadt bei Köln, zu Verwandten begleiten. Längst habe ich begriffen, dass auch Menschen Kulinarisches nicht verschmähen. Diesmal ist es der Grill im Garten, wo der Spießbraten einen verführerischen Duft verbreitet. Ich nehme mein Jagdobjekt, das sich am offenen Feuer dreht, in Augenschein. Vorsichtig strecke ich meine Nase in Richtung Braten. Soll ich einfach zuschnappen? „Nein, lieber nicht", warnt mich eine innere Stimme. Die glühenden Kohlen strahlen eine höllische Hitze aus. Also warte ich auf einen günstigen Moment. Ein erfolgreicher Jäger muss Geduld haben und im richtigen Moment zuschnappen.

Endlich löst jemand das appetitlich brutzelnde Fleisch vom Grill. Ich recke meine Nase in Richtung Fleischduft. Ob ich ein Stück abbekomme? Nee, bis auf einen Rest, teilen sie das Fleisch unter sich auf. Sie bewaffnen sich mit irgendwelchen Gegenständen, die sie Messer und Gabel nennen und stopfen ein Stück Fleisch nach dem anderen in sich hinein. Mir läuft das Wasser im Maul zusammen. Wissen sie nicht, wie einem Hund zumute ist, wenn ihm der Duft von Fleisch in die Nase steigt, er aber keinen Bissen davon abbekommt? „Warte nur ab Chico, du bekommst deine Chance!" Jetzt beobachte ich meine Menschen ganz genau. Sie beugen ihre Nasen tief über die Fleischscheibe. Der Duft scheint sie zu hypnotisieren, sodass sie die Welt um sich herum vergessen. Jetzt, genau in diesem Augenblick hole ich mir den ganzen Rest vom heißen Grill. Entspannt lege ich mich auf den Rasen und genieße meinen Anteil.

„Tja liebe Menschen, was euch zusteht, gehört auch mir oder etwa nicht?"

Inzwischen haben meine Menschen sich ihre Portionen einverleibt. Also auf zur nächsten Runde! Schließlich wartet noch ein beachtlicher Brocken Fleisch auf seinen Verzehr.

„Oh nein!" ruft plötzlich eine entsetzte Stimme. Dann höre ich jemand laut meinen Namen rufen. Ich hebe meinen Kopf. Habe ich vielleicht etwas angestellt? „Ab in deinen Korb!" ruft eine kräftige Männerstimme. Tatsache, die Knochenreste zwischen meinen Pfoten haben mich verraten. Also muss ich die nächsten Stunden in meinem Korb verbringen. Was macht es mir schon aus? Für ein kräftiges Stück Fleisch lasse ich die Strafe über mich ergehen.

Inzwischen ist es dunkel geworden. Kerzen brennen auf dem Tisch. Stimmengewirr und Gelächter dringen an meine Ohren. Meine Menschen sind so miteinander beschäftigt, dass sie mich völlig vergessen haben. Im Schutz der Dunkelheit verlasse ich vorsichtig und unbemerkt meinen Strafplatz. Ich inspizierte den Garten. Es riecht nach Igel, Mäusen und anderen Kriechtieren. Die Petersilie duftet so angenehm, dass sich meine Duftmarke dazugesellt. Ich wälze mich im Gras, das vom Abendnebel benetzt ist. Trotz allem ist es ein herrlicher Hunde-Tag!

## Sportstunde mit Mutprobe

Bevor meine Menschen sich dem täglichen Alltagsstress ausliefern, tun sie das, was Körper und Seele ins Gleichgewicht bringen soll. Früh morgens geht`s raus aus Korb und Betten und rein in die Sportklamotten. Jogging ist angesagt. Warum erst in die Jogginghosen? Wie kompliziert! Das Umkleiden haben wir Hunde nicht nötig. Wir tragen unsere Kleidung von Geburt an. Und die wird nicht geändert. Aber Menschen brauchen nun mal die Abwechslung und hängen sich mal den einen, mal den anderen Fummel an. Sollen sie doch, wenn sie damit glücklich sind. Währenddessen warte ich ungeduldig an der Wohnungstür und wedele mit dem Schwanz, sodass mein Hinterteil von einer Seite zur andern schaukelt. Wann sind Frauchen und Herrchen mit ihrer Modenschau endlich fertig?

Leise verlassen wir das Haus. Die Morgenkühle weht mir um die Nase – herrlich! An der nächsten Kreuzung wartet Karl, ein Freund von Herrchen auf uns. Er ist Vorsitzender eines Sportvereins und bringt meinen Menschen die richtige Art des Laufens bei. Wir Hunde brauchen dazu keinen Trainer. Der Hang zum Laufen liegt uns im Blut.

Über verwirrende Nebenwege verlassen wir die Stadt und biegen in einen Waldweg ein. Friedliche Stille umgibt uns. Morgennebel steigt aus dem Boden. Ein kurzer Ruck, und Frauchen befreit mich von der Leine. Endlich darf ich meinem Spieltrieb frönen. Begierig sauge ich den Duft vom Waldboden ein. Es riecht nach Gehölz und Erde. „Autsch!" Was krabbelt da so wild um meine Nase? Lauter winzige Tiere. Es fühlt sich wie Brennnesseln an. Ich wehre mich mit der Vorderpfote. „Haut ab ihr Mistviecher!" In meiner Neugierde habe ich meine Nase zu tief in einen Ameisenhaufen gesteckt. Hartnäckig, diese Viecher! Es dauert eine Weile bis ich sie wieder los bin. Ein Karnickel wäre mir lieber gewesen. Aber die sind wohl noch nicht aktiv, als dass ich eine Spur von ihnen hätte verfolgen können.

Bei meinen abenteuerlichen Exkursionen habe ich meine Menschen aus den Augen verloren. Meine Nase klebt am Waldboden. Verdammt, ich muss doch ihre Spur wiederfinden! Wie käme ich ohne sie nach Hause? Sicher wäre ich in diesem Dickicht tagelang unterwegs. Ich renne einen Hügel hinauf und stehe plötzlich an einem Abgrund. „Hier kommst du nicht weiter", sagt mir mein Dackelverstand. Soll ich den ganzen Weg zurücklaufen? Da, tief unter mir in einer Schlucht erkenne ich drei menschliche Gestalten. Ich streckte meine

Nase in den Wind. Richtig, es sind Herrchen, Frauchen und Karl. Ein gewaltiger Höhenunterschied trennt mich von ihnen. Was nun? Ein Dachshund handelt schnell und mit Entschlossenheit. Mutig setze ich zum Sprung an und fliege wie ein Habicht durch die Luft. Meine Ohren spannen sich wie ein Segel. „Irgendwann landest du wieder auf weichem Waldboden." Waldboden? Von wegen! Es platscht gewaltig unter meinem Bauch, und ich fühle plötzlich keinen Grund unter meinen Pfoten. Jetzt hat wohl mein letztes Stündlein geschlagen! Ich rudere um mein Leben. Nur nicht aufgeben! Endlich erreicht meine Nasenspitze die Oberfläche und ich kann wieder Luft holen. Also weiter rudern bis ich endlich wieder Boden unter meinen Pfoten spüre. Ich schüttle mir das Wasser aus dem Fell und laufe zu meinen Menschen. Es ist meine erste und gleichzeitig die unangenehmste Bekanntschaft mit dem nassen Element. Dreimal Pfui, kann ich nur sagen.

## Rangordnung und Rudelgesetz

Nach der Sporttour ist wieder umkleiden angesagt. Das muss wohl ein wahres Hobby der Menschen sein! Danach wird erst einmal gefrühstückt. Auch ich bekomme einen gefüllten Napf. Die Extra-Leberwursthäppchen lasse ich mir nicht entgehen, bevor ich Frauchen zur Arbeit begleite. Herrchen hat bereits einen weißen Kittel übergezogen und ist vorausgegangen. Meine neue Familie besitzt ein Uhren- und Schmuckgeschäft im Zentrum von Brilon, einer Kleinstadt im Hochsauerland, und ich zähle neuerdings zum Stammpersonal. Oft liege ich hinter der großen Schaufensterscheibe und beäuge die Passanten, die an unserem Geschäft vorbeispazieren.

„Hereinspaziert!" locke ich sie mit meinen so typischen Dackelblick. Was ist werbewirksamer als der Blick eines Dachshundes! Die Auslagen, die Frauchen jede Woche neu dekoriert, können da nicht mithalten. Manchmal kaufen die Leute etwas oder lassen sich von Frauchen beraten. Dass für mich dabei eine Belohnung abfällt, ist Ehrensache. Herrchen hält sich fast den ganzen Tag in der Werkstatt auf und repariert jede Art von Uhren. Dafür klemmt er sich so ein komisches Ding ins Auge das er „Lupe" nennt. Menschen brauchen anscheinend so etwas wenn sie die Dinge genauer betrachten wollen. Wir Hunde haben das nicht nötig, denn wir „sehen" viel besser mit unserer Nase.

In meiner neuen Familie gibt es, wie bei den Raimers, eine Omi. Im Gegensatz zu Oma Herta ist sie freundlich zu mir. In ihrer Gegenwart muss ich mich nicht fürchten. Wenn sie morgens ins Geschäft kommt, laufe ich ihr mit wedelnder Rute entgegen. Wie gewohnt bekomme ich erst einmal meine Streicheleinheiten. Danach setzt sich Omi an ihren Schreibtisch und schreibt mit einem Stift in ein großes Buch. Menschen tun manchmal rätselhafte Dinge. Aber wir Hunde müssen ja nicht alles verstehen. Dafür können wir uns

„hunde-prozentig" auf unseren Verstand und unsere Nase verlassen.

Die weißhaarige Witwe hat vor vierzig Jahren das Geschäft mit ihrem Mann gegründet. Nach dessen Tod hat sie ihren Sohn Dieter als Nachfolger benannt. Er bekleidet eine Art Alibifunktion. Die Zügel hält nach wie vor Omi in der Hand. Sie ist die Älteste im Menschen-Rudel und gibt Anweisungen, so wie es mein ältester Bruder im Zwinger getan hat. Herrchen ist der Jüngere und muss sich unter ordnen. Oft gibt es zwischen Omi und Herrchen Kompetenzrangeleien. Jeder will Chef sein. Bei uns Hunden gibt nur einen Alpha-Hund - Basta.

Trotz meines Bemühens um Kundschaft gehen die Geschäfte schlecht. So gibt es zwischen Herrchen und Omi immer wieder Ärger. Opa fehlt in der Werkstatt. Und Omi duldet keinen Ersatz an dessen Werktisch. „Du musst Vater ersetzten", wirft sie ihrem Sohn vor. Also muss Herrchen für Zwei arbeiten. Dennoch verpasst er so manchen Abgabetermin. Das wirkt sich nachteilig bei der Kundschaft aus.

Eine Negativ-Spirale ist in Gang gesetzt und lässt sich nur schwer umkehren. Herrchen, im Grunde ein friedliebender Mensch, gibt klein bei. Gegen die Hartnäckigkeit seiner Mutter kann er wenig ausrichten. Außerdem hasst er Auseinandersetzungen, so wie ich. Seinen heimlichen Groll lässt er oft an mir aus. In seiner Hierarchie bin ich der Untergeordnete und muss ihm uneingeschränkten Gehorsam leisten. Als junger Hund wage ich es nicht, ihm etwas entgegenzusetzen. So ist es nun Herrchen, vor dem ich Angst habe und mich vor seinem Zugriff verkrieche. Hätte Frauchen davon gewusst, hätte sie sich schützend vor mich gestellt. Aber die Ausbrüche von Herrchen geschehen meistens ohne ihr Wissen und oft aus Verzweiflung und Ausweglosigkeit. Immer wenn es zwischen Herrchen und Omi Widrigkeiten gibt, krieche ich unter einen Tisch. Jeder Streit weckt tiefe Abscheu gegenüber Herrchen in mir. Bei Frauchen gelingt es mir meine Grenzen auszutesten. Ingo und Anja betrachte ich als meine „Artgenossen" und Spielgefährten. Sie lieben mich, so wie

Frauchen. Und Herrchen? Nun ja, er würde es ebenfalls tun, wäre er nicht ständig in unliebsame Zwänge eingebunden.

Gegen Mittag kommt ein Anruf von der Bank. Der Wechsel der Schmuckfirma über tausend Mark ist vorgelaufen. Herrchen soll Bargeld bringen, andernfalls wird der Wechsel nicht eingelöst.

Noch am gleichen Tag bringt der Postbote eine Nachnahme über fünfhundert Mark. Omi hat beim Goldschmied einen Brillanten in ihren Trauring arbeiten lassen. Das tut sie schon das dritte Jahr zur Erinnerung an Opas Todestag.

Das Duell zwischen Herrchen und Omi ist wieder einmal unausweichlich.

„Du legst einen Lebensstandard vor, den wir nicht finanzieren können." Ich sehe, wie Herrchen die Zornesröte ins Gesicht steigt. Uns Hunden sieht man den Ärger im Gesicht nicht an. Vielmehr sträuben sich unsere Nackenhaare wenn wir wütend sind.

„Wie sollen wir den Wechsel bei der Schmuckfirma einlösen wenn dir deine Extrawünsche wichtiger sind?"

„Das ist nicht mein Problem", verteidigt sich Omi, „es ist jetzt dein Geschäft."

„Das ich mit einem verdammt hohen Schuldenstand von euch übernommen habe um dir die Lebensgrundlage zu sichern."

Omi verzieht das Gesicht zu einem breiten Grinsen.

„Dann rede doch mit der Schmuckfirma und bitte um Prolongation. Als Geschäftsmann musst du eben hart verhandeln." Schnell zieht sie ihren Mantel über und geht hinaus. Frauchen schließt hinter ihr die Ladentür ab. Die große Wanduhr im Büro zeigt dreizehn Uhr. Zwei Stunden Mittagspause. Für meine Menschen die übliche kleine Verschnaufpause und ein bisschen Privatleben.

Zuhause lege ich mich in meinen Korb und beobachte meine Menschen. Sie müssen sich in einem ausweglosen Dilemma befinden. Herrchen holt tief Luft und nimmt den Telefonhörer ab.

„Kannst du nicht mal bei der Schmuckfirma anrufen?" fragt er Frauchen.

„Warum ich? Ich habe doch in geschäftlichen Dingen nichts zu sagen."

Herrchen schmollt und legt den Hörer wieder auf. Frauchen verteilt indessen sie Suppe auf die Teller. Zwischen meinen Menschen ist wieder einmal eisiges Schweigen. Herrchen und Frauchen fahren mit ihrem Löffel durch den Teller. Irgendwie schmeckt ihnen das Essen nicht. So etwas kann mir nicht passieren. Meinen Napf leere ich immer bis auf den Grund.

Wie von einem Blitz getrofffen steht Frauchen vom Tisch auf. Mit zitternden Händen nimmt sie den Hörer und wählt die Nummer der Debitorenabteilung.

„Sie wollen den Wechsel schon wieder prolongieren?" Frauchen hört am anderen Ende der Leitung einen tiefen Seufzer.

„Ach bitte, nur noch dieses Mal." Danach einige Sekunden Stille.

„Na gut, noch dieses Mal. Eine weitere Prolongation kann ich nicht mehr verantworten. Ich gebe ihnen einen guten Rat: „Geben sie das Geschäft auf. So geht es doch nicht weiter. Ich weiß, ihre Lage ist aussichtslos, aber wenigstens haben sie gesunde Kinder. Das ist doch etwas Positives."

„Ja, sie haben Recht, so geht es nicht weiter. Ich werde mit meinem Mann drüber reden."

Herrchen atmet auf. „Siehst du, das kannst du doch genauso gut."

„Ja, aber es ist keine Lösung. Der Sachbearbeiter rät uns, das Geschäft aufzugeben. Es sei das Beste. Das ist auch meine Meinung."

„Aufgeben? Niemals! Was soll aus meiner Mutter werden? Wir sind für ihren Lebensunterhalt verantwortlich."

„Dann sag du mir, wie es weitergehen soll."

Herrchen greift sich an den Kopf. „Verdammt noch mal ich weiß es doch auch nicht."

Was Familienstreit angeht, so bin ich vom Regen in die Traufe geraten. Auch Herrchen und Frauchen streiten sich oft. Dabei geht es immer um Omi und das verdammte Geschäft.

„Es kann nicht sein, dass deine Mutter Regie führt, wir aber die Verantwortung für das Unternehmen tragen müssen. Sage ihr, dass sie sich endlich aus geschäftlichen Entscheidungen heraushält. Am besten ist, sie beträte unseren Laden nie wieder."

„Ich kann Mutter nicht rausschmeißen. So lange sie lebt, wird sie die Chefin sein. Das lässt sie sich niemals aus der Hand nehmen."

„Dann musst du künftig auf meine Mithilfe im Geschäft verzichten. Ich kann ihre Arroganz und Demütigungen nicht länger ertragen."

Mittlerweile habe ich für die Reaktionen meiner Menschen eine Spürnase bekommen. Frauchen hat eine Stinkwut im Bauch. Zum Glück lässt sie ihren Frust nie an mir aus. Im Gegenteil. Je mehr Ärger es in der Familie gibt, desto mehr genieße ich ihre Zuneigung. Für sie bin ich der ruhende Pol, der sie vorübergehend von allem Unbehagen ablenkt und ihr eine moralische Atempause verschafft. Nie hätte ich gedacht, dass Menschen sich gegenseitig derartig fertig machen können.

Am Nachmittag begleite ich Frauchen und Ingo ins Geschäft. Herrchen ist schon vorausgegangen und macht sich in der Werkstatt zu schaffen. Schließlich liegt eine Menge Reparaturen an, und da wird die Mittagspause eben gekürzt. Pünktlich um fünfzehn Uhr kommt das Kindermädchen und holt Anja für die nächsten drei Stunden ab. Ich mache es mir auf der oberen Ebene unseres Ladenlokals bequem, strecke meine Hinterläufe aus und senke meinen Kopf auf die Vorderpfoten. Von hier aus habe ich einen hervorragenden Blick über den ganzen Laden. Frauchen wechselt die Dekoration der Vitrinen, als plötzlich die Ladentür mit bekanntem Ding-Dong geöffnet wird. Sofort geht mein Blick dorthin.

Eine zierliche brünette Dame betritt unser Geschäft. Ihr langes schwarzes Haar fällt locker über ihre Schultern. Ihre weiße Bluse mit Spitzeneinsatz steckt in einem weiten kunterbunten Rock, der bis auf ihre Füße reicht. Über ihrer Schulter hängt eine ausladende Basttasche. Schnell greift sie hinein, holt eine Handvoll Spitzendecken heraus, und legt sie auf den Tresen. „Echte Klöppelspitze." Ich robbe mich ein paar Zentimeter vor und stellte meine Ohren auf Hörposition. Klöppelspitze?

Will sie in einem Uhrengeschäft Decken kaufen? Ach nee, Frauchen soll etwas kaufen. Aber Frauchen schüttelt den Kopf. „Ich kann keine Decken kaufen. Wir haben nicht viel Geld."

„Das weiß ich", erwidert die Fremde, „sie stammen nicht aus einer reichen Familie. Hier müssen sie viel Demütigungen und Ungerechtigkeiten ertragen. Das ist bald vorbei. Sie werden weg ziehen und woanders ein besseres Leben führen. Dort werden sie einmal sehr reich und sehr glücklich sein. Dann können sie viele Decken kaufen."

Frauchen schaut die Fremde an. Erstaunlich, wie die auswärtige Person die Verhältnisse meiner Menschen kennt! Wie sehr hätte sich Frauchen gewünscht, träfe das ein, was die Unbekannte prophezeit. Noch beim Hinausgehen bekräftigt sie: „Glauben sie mir, hier ist bald Schluss."

Von der Begegnung mit der Wahrsagerin muss Frauchen sofort meinem Herrchen berichten. Der hat für solch einen Hokuspokus nur ein lautes Lachen übrig. „Was für einen

Humbug hast du dir erzählen lassen! Niemals werden wir aus Brilon wegziehen." Seine Worte klingen wie ein Protest und holen Frauchen wieder auf dem Boden der Tatsachen.

## *Endlich volljährig!*

Ich lebe bereits ein ganzes Jahr bei meinen Menschen. Meinen schwarzen Pelz habe ich inzwischen gegen einen hübschen schwarzbraunen Anzug getauscht. Nun, mit beginnender Geschlechtsreife bin ich ein gestandener und kräftiger Dachshund. Wer meine Stimme hört, der glaubt, er habe es mit einem Rottweiler zu tun. Das flößt so manchem Menschen Respekt ein.

Nun ist es an der Zeit mit Herrchen die Rollen zu tauschen. Soll ich mich von ihm noch immer beschimpfen lassen? Da kennt er das Temperament eines Dackelrüden nicht. Gehorsam? Das war einmal. Ich recke mich in meiner ganzen Größe vor ihm auf, hebe meine Lefzen und mache ihm mit anschwellendem Knurren klar: „Jetzt bin ich alt genug, das Rudel zu führen. Und wenn du mir zu nahe kommst werde ich dir einen Denkzettel verpassen."

Herrchen muss sich nun gegen zwei Rivalen behaupten. Während er bei Omi nachgibt, geht er bei mir zum Gegenangriff über: „Ab in deinen Korb. Dort ist dein Platz und sonst nirgends." Also ziehe ich mich erst einmal in meinen Korb zurück. „Warte es nur ab. Irgendwann bekommst du deine Chance..."

Eines Tages bekommt Herrchen hohes Fieber und muss das Bett hüten. Nein, er ist nicht mehr der Chef seines Rudels. Meine Stunde als Rudelführer ist greifbar nahe. Wie ich so darüber nachdenke, mein Menschenrudel in den Griff zu bekommen, rappelt sich Herrchen plötzlich aus dem Bett auf. Das kann doch nicht wahr sein! Wie ein zusammengesunkenes Häufchen Elend sitzt er auf der Bettkante. Höchste Zeit ihm zu zeigen, dass ich jetzt der

Stärkere bin. Ich stelle mich in meiner ganzen Dackelgröße vor ihm hin und hebe die Lefzen. Mit drohendem Knurren aus tiefstem Untergrund weise ich Herrchen ins Bett zurück. „Hast du nicht verstanden? Jetzt bin ich der Chef."

Herrchen klaubt den Rest seiner Kräfte zusammen. „Noch bin ich der Boss", brüllt er zurück und verweist mich erneut in meinen Korb. Wieder einmal muss ich den Schwanz einziehen und mich in das Schicksal eines Hundes fügen. Schade, die Übernahme meines Rudels hat nicht funktioniert. Bei mir spielt Herrchen weiterhin den Chef aber bei Omi zieht er den „Schwanz" ein. Das soll ein Hund verstehen!

## Unerwartete Ereignisse

Herrchen kommt mit einer Hand voll Briefe herein. Er holt sie jeden Morgen aus dem Postfach, ehe er sich in der Werkstatt mit Reparaturaufträgen beschäftigt. Unter der Geschäftspost fällt ihm ein weißer Briefumschlag mit schwarzem Rand in die Hände. Bestürzt ruft er nach Frauchen. Ich setze mich neben Herrchen auf dem Boden. Meine Ohren sind für die nächste Neuigkeit aufnahmebereit. Irgendetwas muss passiert sein. Hunde haben dafür eine feine Nase.

„Herr Neumann, der Vermieter unseres Ladenlokals ist verstorben."

„Er ist verstorben?" widerholt Frauchen entsetzt.

„Ja, er hatte Krebs im Endstadium."

Herrchen und Frauchen schweigen eine Weile. Mein Dackelblick geht fragend von einem zum andern. Unsicherheit spiegelt sich in ihren Gesichtern. Wer entscheidet nun über die

Besitzverhältnisse von Herrn Neumann? Wer wird der neue Vermieter sein? Viele Fragen schweben im Raum auf die noch niemand eine Antwort geben kann.

Einige Wochen vergehen. Herr Neumann ist längst zu Grabe getragen, als ein Herr mittleren Alters das Geschäft meiner Menschen betritt. Er ist mit einer grünen Lodenjacke bekleidet und trägt einen Jägerhut auf seinem Kopf. Was will ein Jäger in unserem Geschäft? Soll ich ihn etwa zur Jagd begleiten? Als Frauchen nach dessen Wünschen fragt, sagt er ohne Umschweife: „Ich möchte ihren Mann sprechen."

Herrchen kommt gerade mit einer Handvoll Armbanduhren aus der Werkstatt, und sortiert sie in den Abholkasten. Der Herr mit der Lodenjacke geht schnurstracks auf ihn zu. „Dr. Scharnweber. Ich bin der neue Hausbesitzer. Können wir ungestört unter vier Augen sprechen?"

„Bitte kommen sie mit." Herrchen geht voran, und die beiden Herren verschwinden durch die Werkstatt in die obere Etage. Ich hebe meine

Nase. Der Duft der Lodenjacke sagt mir: „Etwas Seltsames liegt in der Luft." Es dauert eine Weile, bis die beiden Herrn zurückkommen. Der Herr mit der Lodenjacke verabschiedet sich kurzerhand und verschwindet durch die Ladentür.

Herrchen ist sichtlich nervös. „Nun setzt euch erst einmal", fordert er Frauchen und Omi auf. Sie setzen sich an den runden Tisch auf der oberen Ladenebene. Ich lege mich unter einen Stuhl. Schließlich muss ich wissen, was passiert ist. Ich höre, wie Herrchen einen tiefen Atemzug nimmt.

„Doktor Scharnweber ist jetzt unser neuer Hausbesitzer und Vermieter. Er wird unseren Mietvertrag nicht verlängern. Wie ihr wisst, läuft dieser in zwei Jahren aus. Wenn wir noch in diesem Jahr hier ausziehen, zahlt er uns Abstand für die von uns geleisteten Laden-Umbauten."

Diese Tatsache ist für Herrchen ein harter Knochen. Bisher ist er Problemen immer aus dem Weg gegangen. Jetzt aber wird er knallhart mit der Realität konfrontiert.

Herrchen holt von neuem tief Luft. „Ich habe das Angebot von Doktor Scharnweber angenommen. Wenn wir eine Pleite abwenden wollen, bleibt uns keine Wahl."

Frauchen macht in diesem Augenblick einen entspannten Eindruck. Vielleicht denkt sie jetzt an die Worte der Wahrsagerin.

Omis Gesicht wird blass wie ein Leichentuch. Kein Ton des Protestes kommt über ihre Lippen. Der durchweg kuragierten Person verschlägt es die Sprache.

„Wenigstens die zwei Jahre hätte er uns lassen können", sagt sie zaghaft.

„Hast du dir überlegt, was danach werden soll?"

„Was geht es mich an? Ich bin alt genug. Kann sein, dass ich in zwei Jahren nicht mehr lebe."

„Das glaubst nur du allein." Omi hat der Bemerkung von Herrchen nichts entgegenzusetzen. Für sie ist das Geschäft Inbegriff eines gehobenen Lebensstandards gewesen. Die feine Dame, die immer das Beste für sich in Anspruch genommen hat, wird von der Reali-

tät unsanft auf den Boden der Tatsachen gestellt. Für sie wird die Sozialhilfe eintreten
müssen - ein Absturz ins Bodenlose. Jetzt hat
Omi einen persönlichen Feind: Doktor
Scharnweber, dem sie nun alles Böse wünscht:
Parvovirose, Hepatitis, Tollwut, Dackelläh-
mung im schlimmsten Stadium, und was es
sonst noch alles an Krankheiten gibt. Mein
Dackelverstand signalisiert mir: Hier wird sich
in Zukunft gründlich etwas ändern. Doch vor
dem unbekannten Ereignis ist mir und meinen
Menschen noch eine Atempause vergönnt.

## Urlaub in Dänemark

Nach einer endlos langen Autofahrt erreichen wir die Insel Mors im nördlichen Jütland. Ich genieße es, meinen langen Körper so richtig auszustrecken, wälze mich im feuchten Gras, ehe ich unser Urlaubsdomizil näher erkunde. Ein mit Reet gedecktes Fachwerkhaus, in dessen Innern sich ein fremdartiger Duft verbreitet, zieht meine Nase wie ein Magnet an. „Also hinein Junge, und schau was da los ist." Es riecht nach irgendwelchen Kleintieren. „Du bist hier also nicht der Einzige auf vier Pfoten. Wo sind die anderen Genossen?" Meine Nase klebt an den alten Wänden, an Dielen und Türschwellen. Ich spüre, wie mein Puls höhere Regionen erreicht. Verdammt, haben die Geister plötzlich die Flucht ergriffen? „Na wartet, ich werde euch schon kriegen!"
Meine Menschen dagegen, interessieren sich mehr für den Teil, wo sie kochen, essen und schlafen können. Mit fremden Düften haben

die sowieso nichts im Sinn. Vielmehr unterhalten sie sich mit der Besitzerin, wobei niemand etwas versteht. Aber dänisch hin, deutsch her, mit der Verständigung tun sich Menschen eben schwer. Wir Hunde sind dagegen klar im Vorteil. Wir beherrschen die Körpersprache und die dazu passenden Laute. So können wir uns unserem Gegenüber, egal welcher Rasse, immer korrekt mitteilen.

Nachdem die Wirtin mit meinen Menschen Verhaltensregeln gepaukt hat, wünscht sie ihnen einen schönen Urlaub und verschwindet so schnell, wie sie gekommen ist.

Endlich dürfen wir Urlaub machen. Wir, das sind Frauchen, Herrchen, Ingo, Anja und natürlich ich sowie Freund Karl mit seiner Familie – ein agiles Menschenrudel und ich als einziger Vierbeiner. Wer weiß, was mir mit ihnen noch alles bevor steht!

Frauchen hat inzwischen die Koffer ausgepackt und bereitet das Abendessen. Für unser leibliches Wohl ist ein Teil des Stalles zu einer funktionsfähigen Küche umgestaltet. Hier haben einst Kühe oder Schweine „gespeist".

Für Urlaubsgäste, mit Hund ist die Küche total passend. Nach dem Abendessen genießen wir alle den Ausklang des Tages. Herrchen stellt eine Flasche mit rotem Zeug auf den Tisch und füllt damit ein paar Gläser. Es riecht nach Alkohol. „Pfui, das Menschen so etwas trinken können!" Die Kinder bekommen ein gelbes Getränk aus dem Tetra-Pack. Derartiges Gesöff kann mich ebenfalls nicht reizen. Ich bevorzuge Klares aus der Quelle, oder wie Herrchen sagt: „Leitungsheimer."

Der nächste Tag ist sommerlich warm. Früh morgens jagen mich Ingo, Anja, Kathrin, Sebastian und Sonja durch den Obstgarten. Für einen wissbegierigen Dachshund ist unser Areal schon nach einem Tag zu klein geworden. Also unternehme ich etliche Ausflüge in eigener Regie, wobei ich die Tagesplanung meiner Menschen ständig durchkreuze. Mir gelingt es immer, sie mit einer Hunde-Suchaktion in Atem zu halten. Sollen sie nur nicht denken, dass das Leben mit einem Hund langweilig ist!

Wenn das zweibeinige Rudel zu einem Ausflug ans Meer aufbricht, bin ich zweifellos dabei. An den weiten, wild-romantischen Stränden lebe ich meinen Freiheitsdrang aus. Auch Menschen sind naturverbunden. Da stehen sie uns Hunden nichts nach. Zweihundert-Millionen Riechzellen funken pausenlos Düfte von Seetang, Algen, Muscheln an mein Gehirn, das jetzt wie ein Hochleistungscomputer arbeitet. Meine Nase klebt am Geruch von toten Fischen. Zum Fressen eignen sie sich nicht mehr. Als Hautbalsam sind sie geradezu ein Schönheitsmittel. Also wälze ich mich ausgiebig auf einem der verwesenden Heringe, wobei dessen Duft sich in meinem ganzen Fell verbreitet.

Nach der Schönheitskur geselle ich mich wieder zu meinen Menschen und präsentiere ihnen meine neue Duftnote. „Riecht das nicht wunderbar?" Herrchen entdeckt eine Schleimspur auf meinem Fell und rümpft die Nase. Sofort packt er mich am Nacken und wirft mich ins Meer. „He, so hatte ich es nicht gemeint!" Für Menschen mögen Solbäder heilsam sein, aber für einen Dackel...? Pfui, kann ich nur sagen. Mit Wasser habe ich ja bereits Bekanntschaft gemacht. Immerhin bin ich ein Wald-Hund und kein Seehund. Zum Glück gewinne ich gleich wieder Boden unter die Pfoten und schüttle mir anschließend das Salzwasser aus dem Fell. Der betörende Duft ist dahin – schade!

Zurück in unserer Ferienwohnung strömt mir wieder der Geruch von irgendwelchen Kleintieren entgegen. Ich stürze in die Besenecke, werfe ein paar Eimer um, während einige Besen sich aus ihrer Befestigung befreien. Mit schrillem Pfeifen huscht ein grauer Winzling an mir vorbei. Ich bin ihm auf den Fersen, aber er schlüpft durch einen Extra-Ausgang ins Freie. Ernüchtert ziehe ich meine Nase aus dem Mauseloch. Ade fette Beute, aber auch Mäuse sind schlaue Genossen wenn es darum geht, ihr Fell zu retten. Vielleicht klappt es ja ein anderes Mal. Doch so lange sich Hundegeruch im Haus verbreitet, sind die grauen Bewohner wie vom Erdboden verschwunden.

Wer will sich schon freiwillig einem Hund als Delikatesse präsentieren?

Leider müssen meine Menschen nach zwei Wochen ihren Urlaub verkürzen und fahren mit mir wieder heim. Das hat sich in Windeseile unter den grauen Genossen herumgesprochen. „Endlich ist das schwarz-braune Monster verschwunden", werden sie jetzt denken. „Sind wir hier nicht schon immer die Hausbesitzer gewesen? Na klar!" Jetzt genießen sie den freien Zugang zur Küche wobei sie sich an Brot und Käse gütig tun. Für die Mäuseschar sind Feriengäste herzlich willkommen, aber bitte ohne Hund.

## ...und wieder eine Veränderung

Nach dem Besuch des Herrn mit der Lodenjacke ist schnell über die Zukunft meiner Menschen entschieden. Sowohl ihnen als auch mir stehen in absehbarer Zeit umwälzende Ereignisse bevor. Nichts wird mehr so sein, wie es einmal war. Einige Wochen nach unserem Dänemark-Urlaub –am 29. September 1979 - zieht Herrchen aus dem waldreichen Brilon nach Berlin. Frauchen, Ingo, Anja und natürlich ich begleiten ihn zum Bahnhof nach Brilon-Wald, weit außerhalb der Stadt –natürlich im Wald. Es riecht nach Abschied. Herrchen und Frauchen umarmen sich als der Zug einläuft. Ingo weint. „Wann wird Papa wiederkommen?"

Frauchen nimmt Ingo in den Arm. „Wir werden Papa folgen. Es dauert noch eine Weile."

Ich gebe ein leises Fiepen von mir, als Herrchen die zweijährige Anja auf den Arm hebt und ihr einen Abschiedskuss auf die Wange drückt. Mein scharfsinniger Dackelblick zeigt mir, dass klein Anja die Situation noch nicht begreift. „Tschüss Chico", sagt Herrchen, und tätschelt mir den Kopf. Nun geht alles ganz schnell. Herrchen steigt in den Zug. Ein kurzes Winken, dann verschwindet er aus unseren Augen. Auch Anja, Ingo und ich sollen an diesem Tag das heimatliche Brilon verlassen.

Frauchen fährt uns mit dem Auto in das hundertfünfzig Kilometer entfernte Veltheim, ein Dorf an der Weser im Einzugsgebiet Ostwestfalen-Lippe. Am Rande der Siedlung bewohnen ihre Eltern ein Einfamilienhaus. Frauchen parkt das Auto auf dem Grundstück. Ich springe auf den Beifahrersitz und kann es nicht abwarten, bis Frauchen endlich die Tür öffnet. Noch bevor sie elterlichen Boden betritt, habe ich schon meine Pfoten auf das Pflaster gesetzt.

Ein Artgenosse kommt aus dem Haus. Seine schwarzen Knopfaugen sind vom Fell überwuchert, das sich über den ganzen Körper kringelt. Etwas von Pudel muss in seinem Stammbaum liegen. So genau kann ich seine Rasse nicht definieren. Er bleibt stehen und beobachtet mich. Vorsichtig nehme ich Witterung auf. „Aha, auch ein männliches Wesen. Wenn das nur gut geht." Ich fühle die Spannung am ganzen Körper. Er wedelt mit der Rute. Ein Zeichen, das mir Mut macht.

„Hallo, ich bin Chico und wer bist du?" Langsam gehe ich auf ihn zu. „Ich heiße Blacky

und bin auf diesem Grundstück zuhause." Wir beschnuppern uns gegenseitig ausgiebig. Immerhin müssen wir uns ja erst einmal richtig kennen lernen. „Darf ich bei dir wohnen?"
Blacky fiept vor Freude.
„Natürlich darfst du. Es gibt hier nicht viele Hunde und ich bin fast der einzige Vierbeiner in dieser Straße. Endlich habe ich einen Artgenossen gefunden, mit dem ich mich so richtig –von Hund zu Hund - unterhalten kann. Also komm rein, alter Junge."
Nach der freundlichen Begrüßung begleite ich Blacky ins Wohnzimmer. Gleich neben dem Eingang steht die Couch, an der ich sofort mein Bein hebe. Blacky hat meine Duftmarke akzeptiert, und das Gastrecht ist zwischen uns geregelt. Na prima, ich habe einen Kumpel, was für ein Hundeglück!
Blacky ist also der Hofhund von Familie Schmidt.
Inzwischen richten sich auch Ingo und Anja bei ihren Großeltern häuslich ein. In der oberen Etage haben die Großeltern ein Kinderzimmer für sie hergerichtet, wo sie schlafen

und spielen können. Früher hatte Frauchen hier ihr Jugendzimmer. Aber das ist lange her. Oma hat inzwischen den Kaffeetisch gedeckt. Bei Kaffee und Kuchen werden wichtige Themen besprochen, denn Ingo und Anja sollten nun viele Wochen bei ihren Großeltern und ihrem Onkel Johannes wohnen.

Was aber interessieren mich die Themen meiner Menschen. Ich genieße die Zeit mit Blacky in vollen Zügen. Wir flanieren über den Heuweg, der von Äckern umsäumt ist. Gemeinsam jagen wir über Felder und Wiesen. Schon der Duft von Gras und Erde lässt mein Jagdhund-Herz höher schlagen. Hier im Freien tummeln sich so allerlei Kreaturen – ein wahres Jagdrevier! Meine Nase tastet jeden Grashalm ab. Der betörende Duft einer schwarz-grünen, breiigen Masse weckt meine Neugierde. Hier müssen noch andere Tiere sein, vielleicht viel größer als ich, die ihre Duftfladen auf den Wiesen verteilen. Ich wälze mich genüsslich in einem der Moorfladen. Herrlich, so ein Schlammbad! Die neue Duftnote erfüllt anschließend das ganze Haus. Meinen Menschen scheint das weniger zu gefallen. So lande ich mal wieder unfreiwillig irgendwo im Wasser. Diesmal ist es die Regentonne. „Pfui!" Was haben die Menschen nur mit diesem Element im Sinn! Trotzdem hält mich das unfreiwillige Bad nicht von einer gelegentlichen Wiesen-Ku(h)r ab. Einem zünftigen Kuhfladen kann ein Hund nun mal nicht widerstehen.

Opa führt uns mehrmals täglich aus. Schließlich haben wir wichtige Geschäfte zu erledigen. „Wollt ihr zum Hundegraben?" Bei der Frage sind wir nicht mehr zu bremsen. Mit Luftsprüngen und Freudengeheul stürmten wir aus dem Haus. Die Gräben an den Feldwegen enden am Fluss, wo Blacky gleich ein kühles Bad nimmt. Ich halte mich lieber am Ufer der Weser auf. Wie gesagt: „Wasser, NEIN DANKE! Während Blacky in der Weser sein Vollbad nimmt, unternehme ich einen Streifzug durch die Weiden. Dort stacheln ein paar große braune Gestalten meinen Jagdtrieb an. Als gestandener Dackel werde ich es doch wohl mit einem Pferd aufnehmen können!

Vorsichtshalber suche ich mir das kleinere aus, das sich in der Nähe seiner Mutter aufhält. Ich jage es über die Wiese. Mit galoppierenden Schritten rennt es davon, wobei es sich ängstlich umschaut und eigenartige Laute ausstößt. „Lauf nur, du Angsthase. Ich bin ebenso schnell." Meine Nase kommt seinen Hinterläufen gefährlich nahe. Soll ich zubeißen? Ehe ich mich versehe verspüre einen herben Tritt gegen meinen Vorderlauf.

„Autsch!" Das tut weh! „Pferde sind für einen Dackel ein paar Nummern zu groß", stelle ich erstaunt fest. Den Schmerz stecke ich weg. Ein Dackel ist charakterstark. Das hat mir schon meine Mutter beigebracht. Um eine Weisheit reicher geworden, verlasse ich das Pferdeareal und trotte über die Felder nach Hause. Ich schleiche mich durch die Kellertür ins Haus. Drinnen empfängt mich der Duft von gebratenem Fleisch. Nichts wie rein in die Küche! Oma steht am Herd und brät Frikadellen.

Am liebsten hätte ich mir gleich einige davon aus der Pfanne geholt. „Nein, lieber nicht", sagt mir eine innere Stimme, „das ist eine heiße Angelegenheit. Also drehe ich meine Nase in Richtung Tisch und ehe Oma es bemerkt springe ich auf einen Stuhl. „Hm, der Duft von rohem Fleisch ist auch nicht schlecht." Ich räume alles ab was essbar ist. Als Oma die nächsten Klopse in die Pfanne legen will, stößt sie einen Schrei des Entsetzens aus: „Chico – oh nein! Was hast du da gemacht!" Eigentlich hätte es jetzt Keile setzten müssen. Doch ich werfe Oma einen dankbaren Dackelblick entgegen. Kann sie mich dafür bestrafen? NEIN. Ich glaube, die Frikadellen sind gerecht aufgeteilt. Blacky hat davon nichts abbekommen. Er steht da und sieht mich verständnislos an. Naja, er ist eine Art Pudel und kein Jagdhund. Vielleicht hat er noch nie gewagt, sich in der Küche seiner Menschen etwas zu organisieren.

Bis in den späten Abend hinein steht die Kellertür offen. Das ist nicht weiter tragisch, denn hier auf dem Dorfe leben die Menschen friedlich miteinander. Meistens sind es Mäuse oder Katzen, die besonders bei Dunkelheit in den Häusern Schutz suchen. So bietet sich für mich immer eine günstige Gelegenheit für Streifzüge durch die Botanik. Sobald es zu dämmern beginnt, ziehen mich die Felder magisch an. Mit wachsender Begeisterung pirsche ich dem Duft der Feldmäuse und Karnickel nach, getrieben von dem Gedanken, hier draußen fette Beute zu machen.

Oma und Opa sitzen vor dem Fernseher und Blacky liegt eingerollt vor ihren Füßen. Abendliche Streifzüge liegen wohl nicht in seiner Art. Er zieht dann lieber ein kuscheliges Plätzchen im Wohnzimmer vor. Meine Abwesenheit bleibt zunächst unbemerkt. Es ist fast Mitternacht als Opa die Türen schließt. Blacky begleitet ihn traditionsgemäß beim nächtlichen Kontrollgang durch das Haus. „Alles okay Blacky?" Blacky wirft seinem Herrchen einen fragenden Blick zu. „Fehlt da nicht noch jemand?" Richtig, wo ist Chico? Vermutlich streicht er wieder einmal durch die Gegend. „Oh dieser Ausreißer!" schimpft Opa. Wieder einmal endet sein Fernsehabend mit einer Suchaktion.

Von weitem höre ich energische Rufe, und sehe eine menschliche Gestalt im weiß-grau-gestreiften Anzug durch den Garten geistern. Von Blacky habe ich gelernt, dass Opa einen ungehorsamen Hund mit kräftigem Schütteln bestraft. Das ist sehr unangenehm, und so renne ich an Opa vorbei und verkrieche mich in der Küche unter der Eckbank. Hier bin ich vor bösen Übergriffen sicher. Ich warte ab bis alle zu Bett gegangen sind, ehe ich mich in meinen Korb kuschle. Na, dann gute Nacht, Hund. Ein erlebnisreicher Tag ist wieder einmal zu Ende gegangen.

## Besuch aus Brilon und Berlin

Es ist wieder Wochenende. Blacky und ich haben uns im Garten auf der Wiese ausgestreckt und lassen die letzten Strahlen der Herbstsonne auf unseren Pelz scheinen. Meinen Kopf entspannt auf die Vorderpfoten gelegt, träume ich von Waldspaziergängen und Kuhweiden. Ein bekanntes Motorengeräusch reißt mich plötzlich aus meinen Fantasien. Dann klappt eine Autotür. Herrchen und Frauchen steigen aus. Mit wedelnder Rute laufe ich ihnen entgegen und lasse mir ausgiebig das Fell kraulen. Zuerst von Frauchen, danach von Herrchen. Das Motorengeräusch hat auch Ingo und Anja aus dem Haus gelockt. Hurra, Mama und Papa sind gekommen! Auch Blacky will das Wiedersehen mit meinen Menschen teilten und erntet dafür von Frauchen reichlich Streicheleinheiten. „Das kann doch nicht wahr sein!" Die Gunst meiner Menschen mit Blacky zu teilen, durchlöchert meine Dackelehre. Meine Rückenhaare stellen sich zu einer breiten Bürste auf. „Hey, was fällt dir ein. Das ist mein Frauchen!" Ich packe Blacky kräftig am Ohr und die Rüden-Rauferei folgt auf die Pfote. Es ist wieder einmal Opa, der dem knurrenden und fletschenden Getöse ein schnelles Ende bereitet. Dabei muss er nicht einmal laut werden. Ein bestimmter Ton und das Wort

„Huuunde" üben auf uns eine beruhigende Wirkung aus.

Oma hat inzwischen den Kaffeetisch gedeckt. Es gibt Pflaumenkuchen mit Schlagsahne. „Kuchen? Nee danke! Eine Wurst wäre mir lieber." Doch am Abend glüht der Grill auf der Veranda. Der Gartentisch ist mit Salaten, Brot und Grillsoßen reichlich gedeckt. Blacky schnuppert an der Tischkante. „Nee, hier ist nix zu holen." Doch als Opa die Bratwürste auf den Grill legt, tropft Blacky das Wasser aus dem Maul. Wir Hunde lassen den Grill nicht mehr aus den Augen. Schließlich wollen auch wir Gaumenfreuden genießen.

Diesmal kommen wir ohne Anstrengung in den Genuss von Rostbratwurst. Heute feiern wir Wiedersehen und da haben die Menschen auch mal ein großes Herz für uns Hunde. Es ist schon spät, als die Kohlen auf dem Grill verglühen. Oma räumt den Tisch ab wobei Frauchen ihr hilft.

Die Nacht verbringen alle bei Oma und Opa im Haus. Nach dem Sonntagsfrühstück fährt Herrchen wieder nach Berlin. Auch Frauchen muss sich wieder auf den Heimweg nach Brilon machen.

Beim Abschied steigen Ingo die Tränen in die Augen. Frauchen tröstet ihn ganz schnell: „Nächsten Samstag komme ich wieder, und Weihnachten hole ich euch nach Hause."

„Wann ist Weihnachten", will Ingo wissen. Oma nimmt den großen Kalender von der Wand. „Schau mal Ingo, wenn das Jahr zu Ende geht, holt Mama euch wieder." Ingo fährt mit dem Zeigefinger über den Kalender: „Eins, zwei, drei, vier, fünf, sechs, sieben Wochen – so lange?" Für den Fünfjährigen ist es eine unübersehbare Zeit. Auch Anja verdrückt sich eine Träne. Mir macht der Abschied von Herrchen und Frauchen nichts aus. Ich habe ja Blacky. Ginge es nach mir, würde ich für immer hier bleiben. Oma, Opa, Johannes und Blacky sind schließlich auch eine Familie. Wie oft habe ich mich schon an andere Menschen gewöhnen müssen! Mir fällt das nicht mehr allzu schwer, wenn sie nur nett zu mir sind. Und Opa ist nun mal ein echter Hundefreund.

# Bald ist Weihnachten

Die Adventszeit rückt heran. Oma holt einen großen Karton aus dem Keller. Blacky und ich schnuppern begierig an der Außenseite. Was mag wohl darin sein? Nach Hundekeks riecht es nicht. Wir setzen uns auf den Teppich und beobachten was Oma da herausholt. Ein Häuschen und einige bunte Figuren kommen zum Vorschein. Begierig schnuppere ich an den Gestalten. Sie sehen zum Anbeißen aus. Oma stellt das Häuschen auf einen kleinen Tisch und dekoriert alle Figuren drum herum. Ich schnuppere begierig an einer der Gestalten. Sind die etwa zum Essen? In den folgenden Tagen ziehe ich immer wieder ihren Duft in meine Nase. „Was so verführerisch riecht muss gut schmecken", denke ich. Also her damit! Ich hole mir die erste vom Tisch. „Hm, ein leckerer „Knochen" – schmeckt nach mehr!" Gleich hole ich mir die zweite und die dritte. Die restlichen Figuren kommen morgen dran. Ich ziehe mit meiner Beute unter die Couch. Sie gehört mir und keinem andern. Es ist verdammt anstrengend die „Knochen" klein zu kriegen! Und es dauert ziemlich lange, ehe ich mir sie einverleibt habe. Als Oma ins Wohnzimmer kommt, starrt sie entsetzt auf die Weihnachtskrippe. „Drei Figuren fehlen", ruft sie entsetzt, „ein König und zwei Hirten! Wer hat denn die da weggenommen?" Als Oma Bruchstücke von Wachs auf dem Teppich entdeckt bin ich als Übeltäter entlarvt. Oma hat mich für mein Delikt nicht bestraft, aber der König und die Hirten sollten mir ein paar Tage lang schwer im Magen liegen. Wie kann ich ahnen, dass Wachsfiguren nicht zum Fressen sind! Einen Tierarzt, der mit Medikamenten hätte helfen können, gibt es im Dorf nicht. Aber ein Dackel hat bekanntlich ein widerstandsfähiges Innenleben, und so habe ich nach drei Tagen Könige und Hirten verdaut. Nach dieser Erfahrung habe ich es, was Wachsfiguren betrifft, auf weitere kulinarische Versuche nicht mehr ankommen lassen.

Das Weihnachtsfest feiern wir zuhause in Brilon. Frauchen hat einen Tannenbaum besorgt und ihn bunt geschmückt. Geschenke liegen unter dem Weihnachtsbaum. Für Frauchen ein Entsafter, was immer das auch sein mag. Für Herrchen ein Bohrhammer, auch so ein Ding womit ich nichts anfangen kann. Die Kinder packen eifrig ihr Spielzeug aus. Und ich? Frauchen stellt mir einen großen Teller mit Leckerlis vor die Nase. Hm, ein herrlicher Duft von getrocknetem Pansen, Ochsenziemer und Schweineohren! Ich genieße es, wieder bei meiner alten Familie zu sein, obschon ich meinen Kumpel Blacky sehr vermisse. Warum ist er nicht mit uns gekommen? Sein zuhause ist bei Oma, Opa und Johannes.

Schon am zweiten Weihnachtstag fährt Herrchen nach Berlin zurück. Wieder ein Abschied am Bahnhof in Brilon-Wald. Ich genieße derweil die Zeit mit Frauchen, Ingo und Anja. Seitdem unser Geschäft leer geräumt und für immer geschlossen ist, hat Frauchen viel Zeit für uns. So oft es geht, sind wir draußen und genießen die Winterlandschaft. Ich wälze

mich an den Hängen im Schnee, während Ingo
und Anja weiße runde Kugeln nach mir wer-
fen. Omi ist über die Jahreswende verreist.
Die Tage in Brilon sind gezählt. Am 31. Janu-
ar 1980 heißt es: „Auf zu neuen Ufern!"

## Wohnungswechsel

Ein Monstrum auf vier großen Rädern steht
vor unserem Haus. Männer laden Möbel und
Kartons auf. Kein Möbelstück lassen sie stehen. Sogar meinen Hundekorb nehmen sie
mit. Was soll denn das! Mit fürchterlichem
Knattern dampft das Scheusal ab. Der Gestank
aus seinem Auspuff nimmt mir den Atem.
Fassungslos stehe ich auf der Straße und
schaue dem Gefährt nach. Ich kann euch sagen: „Das Leben bei den Menschen ist ganz
schön aufregend!" Immer tun sie das, was sie
wollen und ich stehe da. „Na rate mal Hund,
wie geht` s nun weiter."

Meine Menschen lassen sich das Mittagessen bei Omi schmecken. Es gibt Salzkartoffeln mit Rührei und Spinat. Kein Fleisch? Mein Fall ist das nicht, aber meine Menschen langen mit Appetit zu. Sie haben ja auch beim Möbelschleppen kräftig mit angepackt. Und ich? Naja, Trockenfutter. Nicht gerade eine Delikatesse aber ich schlinge die Henkersmahlzeit in mich hinein. Wer weiß, wann es wieder etwas zu fressen gibt. Vor Omis Haustür steht ein kleines grünes Auto der Marke FIAT oder so ähnlich. Ist mir egal wie das Ding heißt. Ingo und Anja legen sich auf den Rücksitz, den Frauchen als Bett hergerichtet hat. Nachdem sie auf dem Beifahrersitz Platz genommen hat, rolle ich mich auf ihrem Schoß zusammen. Mit geröteten Augen verabschiedet sich Omi von uns. Ich glaube, mich wird sie sehr vermissen. Es beginnt zu dämmern, als Herrchen den Motor anlässt und wir Brilon für immer verlassen.

Nach zwei Stunden Fahrt biegen wir von der Autobahn ab. Aufmerksam verfolge ich die Wegstrecke. Aha, ein Zwischenstopp bei Oma und Opa in Veltheim. Mir kribbelt es in den Pfoten. Sogleich kommt mir Blacky entgegen. „Hallo Blacky, alter Junge, machst du mit mir `ne Sause durch die Kuhweiden?" „Na klar, ist doch Ehrensache." Während meine Menschen sich das Abendessen bei Oma und Opa schmecken lassen, genießen Blacky und ich die Düfte von Gras und frisch bereitetem Kuhfladen. Gerade noch rechtzeitig finden wir uns bei unseren Menschen ein. Mir ist speiübel. Die Henkersmahlzeit, vermischt mit Kuhfladen lege ich diskret unter den Esstisch bevor wir uns von Oma und Opa verabschieden. Ich rolle mich wieder bei Frauchen auf dem Beifahrersitz ein. Eine endlos lange Strecke liegt vor uns. Die Nacht ist frostig und der Mond steht klar am Himmel. Das eintönige Motorengeräusch macht mich müde. Ich versinke in Träume von Wald, Wiesen und Kuhfladen.

Der nächste Stopp lässt mich spontan aufwachen. Aufmerksam schaue ich durch die Windschutzscheibe. Die Uhr am Armaturenbrett zeigt eine Stunde vor Mitternacht. Der

Platz an der Deutsch-Deutschen Grenze ist mäßig erleuchtet. Was versteht schon ein Hund davon, wenn Menschen Grenzen ziehen? Für mich ist das alles neu und rätselhaft. Die Zonengrenze teilt sich in Abschnitte für Reisende nach West-Berlin, in die DDR*, nach Polen oder in ein anderes Ostblockland. Dazu wird nach Fahrzeugtyp: PKW, LKW oder Busse unterschieden. Herrchen lenkt unseren Wagen in die für PKW bestimmte Reihe „West-Berlin". Zur Stunde passieren wenige Fahrzeuge die Grenze.

Gesichtskontrolle am Kontrollhäuschen. Frauchen weckt Ingo und Anja, die mit verschlafenen Augen sich dem Grenzbeamten präsentieren. „Nach West-Berlin", sagt Herrchen indem er dem Kontrolleur unsere Pässe durch die heruntergekurbelte Autoscheibe reicht. „Zwei Erwachsene, zwei Kinder und ein Dackel."

Der Mann im Kontrollhäuschen vergleicht akribisch die Gesichter meiner Menschen mit deren Fotos.

*Deutsche Demokratische Republik 1949 – 1990

63

Auch ich schaue den Grenzer aufmerksam an, worauf dieser äußert: „Du hast es aber fein." Fein nennt der das, wenn sich ein Hund stundenlang auf engstem Raum zusammenrollen muss? Na ja, der Mann sitzt sicher auch seit Stunden in einem engen Häuschen. Herrchen und Frauchen hingegen, machen zum Glück mal eine Pause. So kann ich mich ab und an ausstrecken und wichtige Geschäfte erledigen. Meine Papiere will der Grenzer nicht sehen. Dabei hat Frauchen vor unserer Abreise beim Tierarzt einen Gesundheitscheck machen lassen. Hat ein Hund nicht das gleiche Recht wie seine Menschen?

„Mit dem Hund müssen sie zum Grenztierarzt", fordert der Beamte Herrchen auf. „Grenztierarzt? Nie gehört. Was für eine Kreatur soll das sein?" Herrchen fährt auf einen nahegelegenen Parkplatz. Frauchen nimmt mich an die Leine. Wo ist denn hier ein Grenztierarzt? Hinter einem erleuchteten Fenster taucht eine Männergestalt in Uniform auf.

„Wo geht es zum Grenztierarzt" ruft Frauchen.
Der Mann am Fenster reckt seinen Arm aus.
Frauchen entdeckt ein schwach beleuchtetes
Schild. Was versteht ein Hund schon von
Hinweisschildern! Bei solch komplizierten
Dingen müssen wir Vierbeiner uns aus-
nahmsweise auf unsere Menschen verlassen.
Wieder ein Kontrollhäuschen, hinter dessen
Scheibe uns ein freundliches Gesicht erwartet.
„Grenztierärzte sind nette Menschen", signalisiert mir mein Geruchssinn. Frauchen nimmt
mich auf den Arm während sie meine Papiere
durch ein geöffnetes Fensterchen schiebt.
Gesichtskontrolle: „Ich, Dachsbracke Chico
reise nach West-Berlin." Endlich bekomme
auch ich meinen Stempel und so dürfen wir
auf der Transitstrecke der Deutschen Demo-
kratischen Republik bis nach West-Berlin
weiterfahren. Hier ist Tempo hundert km/h.
erlaubt und das wird an etlichen Kontrollpos-
ten mit Radar kontrolliert. Eine Übertretung
der Geschwindigkeit hätte ein gepfeffertes
Bußgeld gekostet. So haben meine Menschen

sowohl die Autobahn als auch den Tacho stets im Blick.

Die Nacht ist sternenklar. Ingo und Anja sind wieder eingeschlafen und auch ich habe es mir auf dem Schoß meines Frauchens so bequem wie möglich gemacht.

Nach ein paar Stunden wieder eine Grenzkontrolle. Ein großes gelbes Schild mit schwarzer Aufschrift „West-Berlin" leuchtet uns entgegen. Was kann ich schon damit anfangen! Für meine Menschen hat es sicher eine Bedeutung. Die nächtliche Stadt ist hell erleuchtet.

Ich lege meinen Kopf auf das Armaturenbrett und beobachte das Geschehen um uns herum: Die großen beleuchteten Schaufenster, die Scheinwerfer der Autos, Lichtsignale mit wechselnden Farben und jede Menge Straßenlaternen. Für einen Dackel ist das total verwirrend! Durch die Lüftungsschlitze sauge ich die Berliner Luft in meine Nase. Es ist aufregend. In dieser Stadt soll mein neues Zuhause sein? „Also Chico, sei charakterstark und folge deinen Menschen." Wer weiß, was ich hier noch alles erleben werde...

## Ein neues Domizil

Die Uhr am Armaturenbrett zeigt Ein-Uhr-zwanzig als Herrchen unser Auto in einer Seitenstraße im Bezirk Neukölln parkt. Nieselregen legt sich auf die Windschutzscheibe. Mit einem Koffer, Kissen und Decken für die erste Nacht schleichen wir durch das Treppenhaus. Es ist mucksmäuschenstill. Um diese Zeit schlafen die Nachbarn. Ich prüfe jede Treppenstufe. „Hier bin ich nicht der Einzige auf vier Pfoten", sagt mir mein Spürsinn. Katzenduft kreist um meine Nase." Diese Erkenntnis lässt meinen Puls höher schlagen. Unsere Dreieinhalb-Zimmer Wohnung liegt in der zweiten Etage auf der linken Seite. Es riecht nach frisch lackierten Holzdielen. Pfui! Neue Gerüche kann ich nicht zulassen. Sofort hebe ich das Bein. „Jetzt gehört die Wohnung uns!" Frauchen kommt gleich mit einer Rolle Haushaltspapier um die Ecke und beseitigt meine Hinterlassenschaft. Das erinnert mich an Oma Herta. Haben die Menschen noch immer nicht begriffen, dass ein Hund seine Duftmarke setzten muss, wenn er heimisch werden will?

Im Zimmer neben dem kleinen Balkon liegen Luftmatratzen, die Freunde uns überlassen haben. Ein ausgedienter Teppich dient als zusätzliche Unterlage. Todmüde lasse ich mich nieder während meine Menschen die bequemere Variante mit den Luftmatratzen vorziehen.

Schon früh am nächsten Morgen steht wieder das monströse Auto vor unsere Haustür. Und wieder schleppen dieselben Männer Kisten und Möbel die Treppen hinauf. Nun geht's ans Aufstellen der Möbel und Auspacken der Umzugskartons, die sich in einem Zimmer bis unter die Decke stapeln. Ich hasse die heillose Unordnung und verkrieche mich in eine Ecke. Wann werden endlich wieder normale Zeiten einkehren!

Voll im Umzugschaos läutet es an unserer Korridortür. Sogleich macht sich mein Wachtrieb lautstark bemerkbar. Als Frauchen öffnet

mache ich Bekanntschaft mit einer Nachbarin des Hauses. Neugierig schnuppere ich an ihrem Rock. „Aha, Katzenduft! Kommt mir doch irgendwie bekannt vor." Warum hat sie ihre Katze nicht gleich mitgebracht?"
„Ach, ihr seid die neuen Mieter, wie?" spricht sie Frauchen an. „Ick hab doch jestern Nacht so watt jehört. Da sind doch Leute mitten in der Nacht die Treppe hoch jeloofen. Also ihr ward det. Ick bin die Erika."

„Und ich bin die Ursel", sagt Frauchen und macht mein Menschenrudel mit Nachbarin Erika bekannt. Ich stupse sie an: „He, und ich, Dackel Chico, bin die Hauptperson", worauf ich von Erika einige Streicheleinheiten bekomme. „Ja", bekräftigt sie, „du bist der Beste." Richtig, so gehört sich das! An diesem Tag kommt Erika noch einige Male zu uns, erzählt uns was vom Eiermann und noch andere Dinge von denen ich nichts verstehe. Dabei wandert ihr Blick durch jedes Zimmer, so lange, bis alle Möbel aufgestellt sind. „Das ist also Erika mit dem Katzenduft. Die muss ich mir warm halten!"

## Abenteuerliche Begegnung

Nach den chaotischen Umzugstagen ist endlich wieder Normalität eingekehrt. Ich habe meinen angestammten Fress- und Schlafplatz und Frauchen dreht mit mir die üblichen Runden damit ich wichtige Geschäfte erledigen kann. Neugierig ziehe ich die vielfältigen Düfte meiner Artgenossen in meine Nase. „Berlin ist eine einzigartige Hundestadt!"

Es ist schon spät, als Frauchen an diesem Abend mit mir um die Häuser zieht. Eine schwarze Gestalt auf vier Pfoten kommt mir entgegen. Sie ist um ein paar Beinlängen größer als ich. Trotz Dunkelheit erkenne ich sie am Geruch. Es ist Toby, der Labrador aus der Nachbarschaft. Sofort erinnere ich mich an eine alte Auseinandersetzung mit ihm. Sein tiefes Knurren klingt wie eine Drohgebärde: „Du hast bei mir noch eine Rechnung offen, Alter." Ich gehe in die Verteidigungsstellung: „Oh, warte nur, dir werde ich es zeigen. Wage es nicht, dich mit einem Dackel anzulegen." Im Nu haben wir uns kräftig in den Haaren. Ich fasse Toby seitlich in die Backe, während er an meinem linken Ohr zerrt. „Au! Das tut verdammt weh." Ich jaule laut auf. Sofort lässt Toby von mir ab. Etwas Schlimmes muss in diesen Sekunden passiert sein. Im Schein einer Straßenlaterne entdeckt Frauchen die Bescherung. Toby hat mir ein Stück aus dem linken Ohr gerissen.

Zuhause ist Herrchen gerade mit unserer Schrankwand beschäftigt. Er will sie um einige Zentimeter zum Fenster rücken. Überall steht Geschirr herum. Also wieder Chaos in der Bude. Seit einer Stunde wartet Herrchen sehnsüchtig auf Hilfe von Frauchen. „Tja, Herrchen daraus wird nichts mehr. Wir müssen schnell zum Tierarzt." Jetzt entdeckt auch er das Missgeschick. „Wie ist das nur passiert?" Frauchen erzählt ihm meine Begegnung mit Toby. „Ach, der Toby..." Toby konnte mich von Anfang an nicht leiden. Und das wollte er mir heimzahlen. Diesmal habe ich den Kürzeren gezogen. Mein Ohr blutet kräftig. Immer wieder schüttle ich mich und die Flurtapete bekommt dadurch ein neues Muster.

Zum Glück hat der Tierarzt noch Sprechstunde. Er verpasst mir eine Spritze. Danach versinke ich in einen Tiefschlaf. Was nun mit meinen Ohren passiert, muss ich über mich ergehen lassen. Ich ertrage es heldenhaft. Ein Dachshund lässt sich nicht unterkriegen. Nach einer Woche ist alles verheilt. Seitdem trage ich zwei Ohren verschiedener Längen.

## Katzenbekanntschaft

Solange ich hier wohne brenne ich darauf, meine vierbeinigen Mitbewohner kennen zu lernen. Bisher habe ich nur ihren Geruch wahrgenommen, der meine Neugierde immer wieder auf die Folter spannt. Leider halten meine Menschen die Wohnungstür stets verschlossen. Wissen sie nicht, dass ein Jagdhund auch mal auf eigene Faust eine Exkursion durch die Umgebung unternehmen möchte? Ohren und Nase stets auf Wachsamkeit programmiert, verfolge ich die Dinge, die sich vor unserer Wohnung abspielen. Der Paketbote läutet an der Haustür. Frauchen drückt auf den Türöffner. Ich drücke meine Nase an den geöffneten Spalt der Korridortür. Wie ein geölter Blitz schlüpfe ich hindurch. „Tschüss, Frauchen!"

Im Treppenhaus auf der breiten Fensterbank entdecke ich eine Tigerkatze. „He, wer bist du denn? Gestatten, ich bin der neue Mitbewohner, Dackel Chico. Wird langsam Zeit, dass wir uns kennenlernen." Mein langer Körper erreicht knapp ihren Hochsitz. „Los, rück zur Seite. Hier ist für uns beide Platz." Der Stubentiger scheint von meinem Angebot nicht gerade begeistert zu sein. Mit erhobenem Buckel und buschigem Schwanz offenbart er mir mit vernehmlichem Fauchen tiefste Abneigung. „Das hier ist mein Stammplatz, da hast du langohriges Wesen nichts zu suchen. Los hau ab!" Sein Drohgehabe schreckt mich nicht. Umso mehr bemühe ich mich die für mich nahezu aussichtlose Höhe zu erklimmen. Meine Vorderpfoten auf die Fensterbank gestützt, versuche ich meinen hinteren Körper nachzuziehen. Vergeblich. „Oh nein, so ein Pech!" Dabei will ich doch mit meiner Hausgenossin Freundschaft schließen. Habe ich die Katze etwa auf der falschen Pfote erwischt? Resigniert gebe ich mein Vorhaben für heute auf. Vielleicht gelingt es mir ja ein anderes Mal. So begebe ich mich weiter in die unteren Regionen.

Auf dem nächsten Treppenabsatz entdecke ich eine offene Tür. Katzenduft strömt mir entgegen. „Hinein in die gute Stube", sagt mir eine innere Stimme. Aufgeregt gleitet meine Nase über den Teppichboden. Mein ganzer Körper ist angespannt. Akribisch suche ich jeden Winkel der Wohnung ab. „Verdammt, wo steckt nur die Katze?"

„Wolltest du meine Mauzi besuchen", höre ich über mir eine Frauenstimme, „die sitzt draußen auf der Fensterbank." Es ist Erika. Richtig, ich hatte sie beim Einzug schon am Katzenduft erkannt. Sie hält mir ein Stückchen Wurst entgegen. Es soll wohl ein Trostpflaster für meinen missglückten Katzenbesuch sein. Ich lasse mich nicht lange bitten. „Her mit der Wurst!" Wenn schon nicht bei der Katze, so bin ich doch bei ihrem Frauchen willkommen. Das ist doch auch ein Glückstreffer, oder? Ich verabschiede mich von Erika, indem ich beim Hinausgehen eine Nachricht in Form meiner Duftmarke hinterlasse. „Schönen Gruß an Mauzi!" Irgendwann erwische ich sie, da bin ich mir ganz sicher. Ich gehe also weiter die Treppen hinunter und gelange durch den Keller nach draußen.

Der Innenhof erinnert mich an die Weiden in Veltheim. Begeistert suche ich nach einem bekannten Duft. „Schade, nach Kuhfladen riecht es hier nicht." Also wälze ich mich ausgiebig im Gras und genieße die Nachmittagssonne. Zwischen den alten Bäumen sehe ich einen gestreckten Katzenkörper über die Wiese gleiten. Wie ein Blitz durchzuckt es alle Glieder. „Das ist Mauzi. Los, hinterher", schießt es mir durch den Kopf. Auch sie muss mich bemerkt haben, denn sie legt plötzlich an Geschwindigkeit kräftig zu. Ich hole aus mir heraus, was Muskeln und Beine hergeben. Der Abstand zwischen Mauzi und mir ist nur noch ein Katzensprung weit. Ich bleibe auf ihrer Spur und bin um eine Nasenlänge hinter ihr. Nur noch eine Anstrengung, und ... Schlagartig endet ihre Spur vor dem Kellereingang. Mauzi ist wie vom Erdboden verschwunden. „Das kann doch nicht wahr sein!" Fieberhaft suche ich nach ihrer Spur. Wie hat die Katze es nur geschafft sich in Luft aufzulösen? Durch einen Schlusssprung in den ebenerdigen Keller ist Mauzi „verduftet". Ernüchtert stelle ich fest: „Katzen sind ganz schön trickreich, wenn es darum geht, einen Hund an der Nase herumzuführen." Wie dem auch sei. Der Innenhof ist ein herrlicher Tummelplatz, und das nicht nur für einen Hund. Auch Mauzi liebt es, sich im Geäst der alten Bäume zu sonnen. Eine neue Begegnung wäre nicht ausgeschlossen. „Also Chico, bleibe am Ball!"

## Abenteuer auf dem Wasser

In Berlin führe ich ein wahrhaft glückliches Hundeleben. Ich beziehe von Herrchen keine Prügel mehr, denn nun ist auch er mit sich und seinem Umfeld im Reinen.

Meine Menschen lotsen mich zu einem Sonntagsausflug an die Spree. Ein Waldspaziergang wäre mir lieber, aber diesmal geht es wieder einmal darum, was meine Menschen wollen. „Also Chico, lass es über dich ergehen!" Auf der Spreepromenade schlängle ich mich durch einen Urwald von Menschenbeinen. „Blicke ich noch durch? Also, wo geht´s lang." Weiße Schiffswände verwehren mir den Blick aufs Wasser. Sie flößen mir Respekt ein. „Bloß weg von hier", sagt mir eine innere Stimme. Menschen nennen das Erholung. „Na, ich weiß nicht..." Auf der anderen Seite kitzeln Düfte unterschiedlicher Gourmet-Buden in meiner Nase. Das kommt meiner Vorstellung von Erholung beträchtlich näher. Ich

ziehe an der Leine. „Los kommt mit. Da drüben riecht es viel interessanter." Meine Menschen machen keine Anstalten mir zu folgen. Sie gehen an den Duftbuden vorbei. „Wie können sie nur…!" Regt sich bei ihnen nicht die Lust auf Kulinarisches? Also nein!
Wir verlassen die Promenade und gehen weiter an der Spree entlang. Gras umsäumt das Ufer. Ein schmaler Pfad führt direkt zum Wasser. Der Geruch von Gänsefüßen zieht meine Nase magisch an. Ich nehme meinen Mut zusammen und folge ihm ins Wasser. Nicht weit vom Ufer entfernt treffe ich auf eine Gruppe Schwäne. Ihr aufgeregtes Schnattern deutet auf eine handfeste Debatte hin. „Los hin und schau was da los ist." Neugierig und unerfahren paddle ich auf die weiße Gesellschaft zu.
„He, darf ich wissen worum es geht?"
Sofort schießt ein Schwan mit schnellen Schwimmstößen auf mich zu. Sein Fauchen deute ich als eine Drohgebärde höchster Alarmstufe. Wahrscheinlich habe ich die Gesellschaft bei einer wichtigen Konferenz ge-

stört. „Oh, Entschuldigung!" Schnell mache ich eine Kehrtwende. Wie besessen paddle ich durch das Wasser. Ich spüre meinen Verfolger im Nacken. Er ist ein Meisterschwimmer und bei weitem schneller als ich. In letzter Sekunde und völlig atemlos erreiche ich das Ufer. „Uff, das war knapp!" Ich habe für später meine Lehren daraus gezogen. „Schwäne sind mit Vorsicht zu genießen."

Unsere Nachbarn besitzen ein Kanu und laden uns zu einer Bootsfahrt auf den Tegeler See ein. Wieder so ein neues Ding was ich nicht kenne. Aber Probieren geht bekanntlich über studieren, und so lasse ich mich auf das Abenteuer meiner Menschen ein. Der Sonntagsausflug hat sie auf die spontane Idee gebracht, ein Schlauchboot zu kaufen. So verbringen wir künftig gemeinsam die sommerlichen Wochenenden auf dem Wasser. Das soll vornehmlich der Erholung, jedoch weniger dem aktiven Wassersport dienen. Herrchen macht unser Boot an einem Stichkanal, der zum See führt, klar. Ich springe als erster hinein und setze mich wie eine Gallionsfigur an den Bug. Aufmerksam und aus sicherer Entfernung verfolge ich eine Schwanenfamilie. Sie will uns auf den See hinaus lotsen. Vater Schwan dreht sich ständig nach mir um und faucht vernehmlich. „Nun mal langsam, alter Angeber. Ich tue dir doch nichts." Herrchen gibt sich große Mühe unser aufgeblasenes und schwer lenkbares Schiff auf Kurs zu halten.

Nach einer Fahrt durch etliche Engpässe erreichen wir den See. He, da ist auch das Kanu unserer Nachbarn! Sofort stelle ich mich auf den Wulst der Bootskante und setze zum Sprung an. Wäre doch gelacht, wenn ein gestandener Dackel nicht eine Handbreit Wasser überwände! Ein kräftiger Abstoß und…. Ich lande unfreiwillig im Wasser, paddle zwischen hohen Bootswänden und überwinde weder die eine noch die andere. Das Ufer ist meilenweit entfernt und kein Boden unter den Pfoten. Wieder einmal muss ich gestehen: „Das Leben mit den Menschen ist verdammt gefährlich." Schon wieder bin ich in eine Situation geraten, die mich an die Grenzen meiner Existenz bringt. „Na Chico, das war's dann wohl!" Wie ich so ziellos umherpaddle, spüre ich plötzlich einen festen Handgriff im Nacken der mich in unser Schlauchboot katapultiert. Ich schüttle mir kräftig das Wasser aus dem Fell bis im Boot kein Fleck mehr trocken ist. Die Sonntagszeitung ist durchgeweicht. Herrchen schmollt. Warum eigentlich? Ist mir egal, ich bin gerettet!

Ein Gewitter zieht auf. Von weitem höre ich den Donner grollen. Die Menschen beeilen sich, ihre Boote an Land zu steuern. Na endlich, bloß weg von hier! Wieder an Land brutzelte die Bratwurst auf dem Grill. Ihr Duft lässt meine Laune wieder ansteigen. Auch ich bekomme meinen Anteil. Den habe ich mir nach dem unfreiwilligen Wassersport redlich verdient. Zuhause falle ich todmüde in meinen Korb. „Der Sonntag war verdammt anstrengend!"

# Erstes Rendezvous

Die Boots-Saison ist vorüber. Der Wald zeigt sich nunmehr in gelb-und rotleuchtenden Farben. Ein wahres Hundeeldorado ist die Gegend um den Grunewaldsee. Hier trifft sich immer eine multikulturelle Gesellschaft auf vier Pfoten. Für die meisten meiner Artgenossen ist das Abtauchen ins kühle Nass eine willkommene Abwechslung. Meine Abneigung gegen Wasser ist charakteristisch. Trotzdem, an Spiel und Spaß mangelt es niemals. Nicht weit von mir signalisiert eine Dame Paarungsbereitschaft. Ich fiepe vor Aufregung. Welcher Rüde lässt sich schon eine solche Gelegenheit entgehen! „Also ran an die Dame!". Doch zwischen uns dehnte sich eine riesige Regenpfütze aus. In der vergangenen Nacht hat es heftig geregnet und so reiht sich an diesem Sonntagnachmittag eine Pfütze an die andere. Soll ich deswegen auf ein Paarungsvergnügen verzichten? Nein, ein Dackel zeigt Stärke und Entschlossenheit. Wer will sich schon vor einer Dame blamieren? Vorsichtig setzte ich meine Vorderpfoten in den Mini See. Schon reicht mir das Wasser bis zu den Knien. Egal, ich habe schon schlimmeres erlebt. Mit ein paar mutigen Sprüngen überwinde das Gewässer. Geschafft! Ich bin stolz auf meine Leistung. Zur Belohnung überschüttet mich die Angebetete mit Sympathie. Sie leckt meine Ohren und ich lecke ihre Lefzen. Bereitwillig bietet sie mir ihr Hinterteil an. Ich fühle die Spannung am ganzen Körper. Meine Vorderpfoten berührten ihre Hüften, aber weiter komme ich nicht. Noch einen Versuch von der Seite. Verdammt, auch das funktioniert nicht. Wie soll nur die Paarung zwischen einem Dackel-Rüden und einer Rottweiler-Dame gelingen? Verschämt gebe ich mein Vorhaben auf. Ich habe mich gründlich in ihrer Größe geirrt.

## Tierisch raffiniert

Etwas besonders liegt heute in der Luft. Ich schnuppere es bei unserer ersten Gassi-Runde, denn die ist heute wesentlich kürzer als ich es gewohnt bin. Frauchen wartet schon mit Ingo und Anja bei unserem Auto. Was haben sie mit mir vor? „Hund, lass dich überraschen!" „Los einsteigen!" ordnet Herrchen an. Ich nehme wie immer meinen Stammplatz bei Frauchen ein. Gespannt beobachte ich durch die Windschutzscheibe, wie Herrchen unser Auto geschickt an den vielen bunten Blechkisten vorbeilenkt. „Donnerwetter, Menschen müssen für so viel Gewusel einen siebenten Sinn haben! Unser Wagen hält nicht auf einem Waldparkplatz, sondern vor einem großen Gebäude an. Was für eine Enttäuschung für einen Naturliebhaber, wie ich es bin. Wir durchqueren eine riesige Halle, in der es von Menschen nur so wimmelt. Jetzt auch noch ein paar Treppen hinauf! Uff, ist das anstrengend für einen langen Körper mit kurzen, krummen Beinen. Ich sage ja, mit Menschen etwas unternehmen ist ganz schön abenteuerlich, besonders dann, wenn ein Hund auf deren Entscheidungen nicht vorbereitet ist. Da braucht „hund" starke Nerven. Mit ohrenbetäubendem Getöse hält eine Maschine neben uns, die eine unübersehbare Anzahl Wagen hinter sich herzieht. Menschen bevölkern den Bahnsteig. Schon wieder befinde ich mich in einem Urwald von langen Beinen. Neugierig strecke ich meine Nase in den Wind. Eine Wolke von Gerüchen zieht an mir vorbei. Aber – halt, da ist zwischen dem Wirrwarr von Düften ein bekannter Geruch der frontal auf mich zu hält. Meine Rute schlägt aus wie ein Uhrpendel. Richtig, es sind Oma und Opa aus Veltheim. Ich fiepe vor Aufregung. „Chico, du bist ja auch da", begrüßt mich Opa, während er sich zu mir herunterbeugt. Vor Freude kann ich nicht drum hin ein Hinterbein zu heben. Schade meine Duftnote hat Opas Hosenbein nicht erreicht, obwohl ich doch gut gezielt habe. Vielleicht klappt es das nächste Mal. Körpersprache macht Worte überflüssig. Ich lasse mir von Opa ausgiebig das Fell kraulen, habe ich ihn und Oma seit einer Ewigkeit nicht mehr gesehen. Erst dann dürfen Herrchen und Frauchen ihre Eltern begrüßen.

Wir gehen die Stufen zur Bahnhofshalle hinunter, während ich fortwährend an Omas und Opas Kleidung schnuppere. „Da fehlt doch jemand", sagt mir mein Dackelscharfsinn. Richtig! Blacky, wo ist Blacky? Mein fragender Blick haftet an Omas Gesicht.

„Suchst du etwa Blacky?" Ich antworte Oma mit kräftigem Schwanzwedeln.

„Der muss zuhause bleiben. Johannes ist bei ihm"

Habe ich richtig verstanden? Blacky ist nicht mitgekommen? Ich werfe Oma und Opa einen traurigen Blick zu, sodass sie fast ein schlechtes Gewissen bekommen. Schade, gerne wäre mit meinem Kumpel durch die Berliner Botanik gesaust. Was bedeutet schon ein trauriger Blick aus einem Paar Hundeaugen? Blacky ist nicht mitgekommen. Das ist enttäuschende Tatsache.

Zuhause zeigt Ingo Oma gleich sein neues Buch aus dem Naturkunde-Unterricht. Lauter Zähne sind da abgebildet, Zähne von Menschen und von Tieren. Er deutet auf ein Hundegebiss. „Sieh mal Oma, so sieht das Gebiss eines Hundes aus." Gleich darauf öffnet er mir das Maul. „...und so sieht es in natura aus." Oma ist um eine Information reicher geworden. Für Ingo und Anja bin ich ein hervorragendes Demonstrationsobjekt. Na ja, mit mir können die Kinder es machen. Ich nehme es ihnen nicht übel.

Am darauffolgenden Sonntag lockt uns das sommerliche Wetter zu einem Picknick an die Havel. Gibt es etwas Schöneres als den Nachmittag in freier Natur zu verbringen, noch dazu wenn einem Hund kulinarische Düfte aus dem Picknick-Korb um die Nase streichen? An einem schattigen Plätzchen am Ufer der Havel breiten meine Menschen eine große Decke aus. Endlich werden gebratene Koteletts ausgepackt und verteilt. Ich habe in weiser Voraussicht meinen Stammplatz in

Anjas Nähe eingenommen. Das monströse Stück Fleisch wiegt schwer in ihren kleinen Händen. Wie soll sie das nur bewältigen? Da muss ich ihr doch behilflich sein, oder? Stück für Stück nähert sich meine Nase dem pfundsschweren Fleischstück. Kann ich mit ansehen, dass klein Anja sich damit abquält? Nein! Mit einem tiefen Seufzer lässt sich das Kotelett fallen. Sofort greife ich zu. Sie protestiert nicht einmal. Damit habe ich dem kleinen Mädchen eine große Last abgenommen. Ist doch fair, oder?

Die Tage vergehen wie im Flug. Ein letztes Mittagessen mit Oma und Opa vor ihrer Abreise. Frauchen stellt gebackenes Eisbein mit Sauerkraut und Salzkartoffeln auf den Tisch. Aha Eisbein aus dem Ofen. Das erinnert mich an ein früheres Erlebnis. Doch diesmal passt Frauchen auf, dass der Braten, nicht unversehens zwischen meine Zähne gerät. Meine Menschen stopfen Bissen für Bissen in sich hinein. Wie gemein! Sie merken nicht einmal wie mir das Wasser über die Lefzen tropft. Knochen und Knorpel verschwinden im Mülleimer. Ha, das könnte Frauchen so passen! Während meine Menschen sich entspannt den Nachtisch einverleibten schleiche ich mich in die Küche. Ein Schubs mit meiner Pfote. Der Mülleimer gibt nach und macht Knochen, Knorpel und Fleischreste bequem für mich zugänglich. Und nicht nur das. Ich entdecke eine Gourmetmeile von Essensresten. „Jetzt aber ran alter Junge und schlag dir den Bauch voll bis nichts mehr hineinpasst! Wer weiß, wann dir wieder eine solche Gelegenheit geboten wird."

Am frühen Nachmittag begleiten wir Oma und Opa zum Bahnhof. Eine Menschenmenge wartet ungeduldig vor verschlossenem Zugang zu den Bahnsteigen. Mir ist speiübel. Ist es die Gourmetmeile, die mir jetzt wie ein Stein im Magen liegt? Also raus mit dem Hindernis! Mit weit aufgerissenem Maul lege ich das, was mir vordem so gut geschmeckt hat, vor meinen Menschen auf den Fußboden. Im gleichen Moment öffnet das Bahnpersonal den Durchgang zu den Gleisen und eine keifende

Frauenstimme ruft: „Das machen sie mal sofort weg!" Frauchen ist stinksauer, sucht
schnell in einem Papierkorb nach einem aus-
gedienten Pappteller und entfernt notdürftig
meine Hinterlassenschaft. Inzwischen ist der
Zug eingefahren. Meine Menschen eilen mit
mir die Treppe zum Bahnsteig hinauf, verabschieden sich schnell von Oma und Opa die,
bedingt durch mein Missgeschick gerade noch
den Zug erwischen.

Auf dem Nachhauseweg würdigt Frauchen
mich keines Blickes. „Du bist ein ungezogener
Hund", schimpft sie mich und sieht mich dabei ganz böse an. Der Ehrenplatz auf ihrem
Schoß bleibt mir verwehrt. Ich muss mich nun
vor ihre Füße unter die Motorhaube zwängen.
Nicht einmal mein sehnsüchtiger Dackelblick
kann Frauchen umstimmen. Jetzt habe ich es
völlig mit meinen Menschen verdorben. Wie
soll ich das nun wieder hinkriegen? Nach einer
halben Stunde Autofahrt erreichen wir den
Werrapark wo Herrchen unser Auto abstellt.
Bis nach Hause ist es nur ein kurzer Fußweg.
Wir steigen aus dem Auto. Ich laufe meinen

Menschen voraus. Noch immer ist dicke Luft. Wissen meine Menschen nicht, wie einem Hund zumute ist, wenn er verachtet wird? Wiederholt drehe ich mich nach ihnen um. Ob sie meinen sehnsüchtigen Blick wahrnehmen? Nein, sie tun so, als existiere ich für sie nicht mehr. Ich muss mir schon etwas besonders einfallen lassen, meine Menschen wieder rumzukriegen. Dabei hilft mir mein angeborenes schauspielerisches Talent. Ich hebe das linke Hinterbein und humple auf drei Beinen weiter. Wieder drehe ich mich nach meinen Menschen um. Merken die denn immer noch nichts? Jetzt zeige ich es ihnen aber richtig. Mein Gesicht zu ihnen gewandt, krieche ich auf den Vorderläufen voran. Die Nummer ist verdammt anstrengend, löst aber bei Frauchen endlich eine Reaktion aus.

„Chico, was hast du denn?" fragt sie mitfühlend und tastet dabei meine Hinterläufe ab. „Ich kann nichts feststellen", wendet sie sich an Herrchen. „Schau du doch mal." Jetzt nimmt mich sogar Herrchen auf den Arm und prüft meine Läufe. Er schüttelte den Kopf.

„Alles in Ordnung." Na prima, meine Menschen sind auf den Trick hereingefallen. Ich habe sie wieder auf meiner Seite. Erleichtert und glücklich laufe ich mit ihnen nach Hause. Wie kann ein Mensch einem Dackel nur böse sein!

## Ein rüstiger Senior

Tja, liebe Tierfreunde, nun zähle ich zwölf Jahre und blicke auf ein inhaltvolles Hundeleben zurück. Zweimal täglich bekomme ich Tabletten, serviert in einem Stückchen Kalbsleberwurst, Privilegien, die einem Senior würdig sind. Mit Medikamenten funktioniert mein altes Herz einigermaßen gut. Nur lange Spaziergänge, wie ich sie früher genossen habe, sind nicht mehr drin. Als älterer Herr muss man sich mit Einschränkungen abfinden. Eigentlich wollte ich ein beschauliches Seniorendasein führen. Doch meine Menschen beziehen mich immer wieder in ihre Aktivitäten ein. Neuerdings haben sie das Auto gegen zwei Räder getauscht. In die Pedale treten fördert die Gesundheit. „Also Hund, mach mit." Herrchen hat eigens einen Korb auf dem Gepäckträger befestigt und ihn ausgepolstert, als Sozius-Sitz der Komfortklasse. Wie soll ein alter Hund sich daran nur gewöhnen? Fahrrad fahren ist meiner Meinung nach eine wacklige Angelegenheit. Da war das Autofahren bei weitem bequemer. „Also Hund, nimm dich zusammen. Du wirst dich wohl oder übel an die eigenartige Fahrweise deiner Menschen gewöhnen müssen."

Im Geleitzug radeln wir durch Berlin. Herrchen fährt mit mir voran, gefolgt von Ingo und Anja. Frauchen bildet den Schluss der Reihe. Plötzlich eine Ampelkreuzung. Alle Räder stehen still. Schon gerät die Rangordnung durcheinander. Jetzt fährt Frauchen voran und Herrchen ist am Schluss. Was soll denn das? Ist Frauchen etwa der Rudelführer? Nein, da muss ein Dackel doch heftig protestieren. Ich jaule so laut ich kann, sodass es Herrchen so richtig auf die Nerven geht und er kräftig in die Pedale tritt. Endlich radeln wir wieder an der Spitze. So ist es richtig! „Ich bin der erste, Ingo der zweite, Anja die dritte und Frauchen die Letzte. „Diese Rangordnung wird bitteschön, in Zukunft eingehalten. Ansonsten setzt es tierischen Protest."

Nach einer solch anstrengenden Tour sehne ich mich nur noch nach meinem Lieblingsplatz auf der Couch. Heute erscheint sie mir heute unerreichbar hoch. „Oh Chico, wie hast du das nur früher geschafft?" Ist mir jetzt mein Kuschelplatz versagt? Ich lege meinen Kopf auf den Sitz und gebe ein leises „Rrrr" von mir. Niemand scheint davon Notiz zu nehmen. Ich muss lauter werden: „Rrrrrr." Noch immer keine Reaktion? „Jetzt wird es mir aber zu bunt." Ich wende meinen Kopf in Richtung Frauchen und lasse ein lautes, vernehmliches „WAU" ertönen. Endlich hat sie verstanden. „Chico, du möchtest auf die Couch nicht wahr?" Behutsam hebt sie meine Hinterbeine an. Endlich sitze ich zwischen Ingo und Anja. Hier ist mein Lieblingsplatz, und darauf habe ich doch gerade als Senior Anspruch – oder? Dankbar lecke ich Frauchen die Hand und genieße es, wenn sie mir über den Rücken streicht. Frauchen und Herrchen nehmen gegenüber im Sessel Platz und starren in eine Kiste in der sich pausenlos Bilder bewegen. Was gehen mich die Bilder in der Flimmerkiste an? Ich genieße die Gemeinsamkeit mit meinen Menschen. Das nenne ich Familienidylle.

## Auf zum Polenmarkt

Eine Radtour ins benachbarte Polen? Nein Danke, das wäre auch für meine Menschen zu weit gewesen. Also ziehen sie die bequemere Variante mit dem Auto vor. Über Landstraßen geht es durch die Märkische Schweiz in die achtzig Kilometer entfernte Stadt Frankfurt. Wir wandern über eine breite Brücke. Ich schnuppere am Rande. Unter uns fließt die Oder. Nein danke, baden will ich nicht. Wir

gehen weiter und erreichen die Grenzstadt
Slubice auf der polnischen Seite. Hier herrscht
reges Markttreiben, was viele Berliner für
einen günstigen Einkauf nutzen. Zelte mit
Textilien, Lederwaren, Glas, Porzellan, Honig
reihen sich aneinander. Ich kann mit alldem
Krimskrams nichts anfangen. Gelangweilt
trottle ich neben meinen Menschen her. Was
begeistert sie nur an diesem Ort?
Eine Fleischerbude weckt plötzlich mein Inte-
resse. Der Duft von Fleisch und Wurst zieht
meinen schmachtenden Blick nach oben und
lässt mir das Wasser im Maul zusammen laufen. Unter der Zeltdecke hängen Würste. Wie
soll ich da nur herankommen? Hinter dem
Ladentisch steht eine Frau, die gerade eine
Wurst vom Haken nimmt. Ob ich ein Stück
abbekomme? Nein, die Wurst bekommt jemand anders. Und ich? Herrchen zieht an der
Leine, was so viel heißt wie: „Los weiter!"
Also trotte ich hinter her in der Hoffnung bald
wieder in unserem Auto Platz nehmen zu dürfen. Bis dahin ist es noch ein weiter Weg. Wie
sollten meine alten krummen Beine das schaf-

fen? Längst haben wir den Marktplatz hinter uns gelassen und gehen über die Oderbrücke. Herrchen hat mich von der Leine losgemacht. „Hier kannst du frei laufen." Laufen? Ich beginne zu humpeln. Merkt denn niemand, wie schwer mir das Laufen fällt? Ingo und Anja sind ein Stück voraus gegangen. Ingo drehte sich zu mir um. Wenigstens einer der meine Gebrechlichkeit wahrnimmt. „Chico, möchtest du auf dem Arm getragen werden?" Das lasse ich mir nicht zweimal sagen. Ich eile voran, so schnell meine Pfoten laufen können. Ingo nimmt mich auf den Arm. So lässt sich der Rest des Weges bequem bewältigen. Diesen Trick wende ich immer dann an, wenn mir der Weg für meine kurzen Beine zu weit erscheint.

## Abschied

Ingo hat gerade seine Lehre als Maurer been-
det. Anja feiert in Kürze ihren siebzehnten
Geburtstag. Ich spürte das Alter am ganzen
Körper. Meine traditionellen Runden be-
schränken sich nur noch auf den Werrapark
gegenüber unserem Häuserblock. Der Weg
dorthin ist anstrengend, und das warme Früh-
lingswetter macht meinem alten Herzen sehr
zu schaffen. Die meiste Zeit des Tages verbringe ich in meinem Korb und träumte vor
mich hin. Bei allem was geschehen ist, kann
ich letztendlich doch auf ein schönes und
spannendes Leben zurückblicken. Frauchen
legt mich auf die große Bettdecke wo ich mir
die Mittagssonne auf den Bauch scheinen
lasse. Aber ich ziehe es vor, den Rest des Tages in meinen Korb zu verbringen. Er ist in
eine Nische eingebaut, und da fühle ich mich
geborgen. Ich springe von der Bettkante und
komme nicht mehr auf die Beine. Mein Rü-

cken schmerzt fürchterlich. Frauchen nimmt mich behutsam auf den Arm. Ich kneife die Augen zu. „Ach Frauchen, lass mich doch in Ruhe." Sie versteht mich auch ohne Worte. Den Rest des Tages und die darauffolgende Nacht verbringe ich in meinem Korb. Am nächsten Morgen steht Herrchen vor mir. „Komm Chico, wir gehen in den Werrapark." „Ach Herrchen, muss das sein?" Mühsam rapple ich mich hoch. Herrchen trägt mich die Treppe hinunter. Ich laufe ein paar Schritte bis zum nächsten Straßenbaum. Weiter komme ich nicht. Herrchen erkennt meinen flehenden Blick: Bring mich bitte nach Hause."

„Ich glaube, unser Hund will sich verabschieden", sagt er zu Frauchen. Frauchen sieht mich an und streicht mir über den Kopf. „Nein, Chico, quälen sollst du dich nicht. Das hast du nicht verdient."
Am Nachmittag läutete es an unserer Haustür. Als Frauchen öffnete, kommt meine Tierärztin die Treppe herauf. Behutsam hebt Frauchen mich aus meinem Korb.

„Wenn noch eine Chance besteht, soll Chico sie haben aber quälen soll er sich nicht."

„Auf eine Besserung können wir nicht mehr hoffen." Die Worte der Tierärztin sind unmissverständlich.

Ich habe Ingo und Anja durch ihre Kinderzeit begleitet, und ein beachtliches Alter von fast sechzehn Jahren erreicht. Mein Abschied von dieser Welt am 15. April 1994 in meiner vertrauten Umgebung ist leicht und schmerzlos. Meinen Menschen bleibe ich in dankbarer Erinnerung als liebenswertes Familienmitglied auf vier krummen Beinen.

Herstellung und Verlag:
BoD - Books on Demand, Norderstedt
ISBN 978-3-7460-1580-4